भारतीय ठगहारों की कहानी

प्रणव तिवारी

अंजुमन प्रकाशन

Title : Bharti thagharon ki kahani
Author : Pranav Tiwari

Published By-
Anjuman Prakashan
942, Mutthiganj, Prayagraj, 211003
www.anjumanpublication.com
anjumanprakashan@gmail.com

Printed and bound in India.
Paperback, First published by Anjuman Prakashan in 2023
ISBN : 978-81-963535-4-4

Cover & Typeset by Anjuman Prakashan

समर्पण

किसी भी भवन को बनाने के लिये चार स्तंभों की आवश्यक होती है उसी भाँति मुझे परिमार्जित करने में चार लोगों का बहुत बड़ा योगदान है -

मेरे जीवन के आकर्षण का मुख्य केंद्र बिंदु परम पूज्य ज्येष्ठ पिता श्री एवं ज्येष्ठ माता श्री, श्री प्रकाश नारायण तिवारी, श्रीमती ज्ञान तिवारी एवं मेरे जीवन का आधार बिंदु श्रध्देय पिता श्री एवं माता श्री, श्री श्री नारायण तिवारी, श्रीमती मनोरमा तिवारी के श्री चरणों में यह कृति समर्पित

भूमिका

ठग का अर्थ है "धोखा देने वाला" जिसका सम्बन्धित शब्द है क्रिया ठगना "धोखा देना" संस्कृत के स्थग से STHAGA चालाक, धूर्त, कपटपूर्वक और स्थगति, वो छुपाता है।) काली उपासकों के एक पंथ समूह द्वारा यात्रियों की हत्या और डकैती करने वाला ये शब्द ऐतिहासिक भारत (वर्तमान में उत्तरी/पूर्वी भारत और बांग्लादेश) के उत्तरी और पूर्वी क्षेत्रों में लोकप्रिय था। लेकिन वर्तमान परिवेश में ठगी का दायरा बहुत बृहद हो गया है ये भारत के कुछ हिस्सों में सीमित न रह कर अपितु पूरे भारत पर अपनी टाँग फैला चुका है या यूँ कहूँ ठगी की छाप सम्पूर्ण जगत पर पड़ चुकी है इन्हीं बातों से आपको आगाह करने व ठगी रोकने के लिए ये पुस्तक "भारतीय ठगहारों की कहानी" लिखी गई है जो केवल एक पुस्तक नहीं अपितु ये मेरा दर्शन/विचार है समाज के उन अराजक तत्वों के प्रति जो ठगी करते हैं, ठगी जिनका पेशा बन चुका है। ठगी के सन्दर्भ में मेरा दृष्टिकोण बड़ा स्पष्ट है ये एक ऐसी दीमक है जो समाज व देश नामक एक महान ग्रंथ को धीरे-धीरे खा जाएगी और जहाँ तक बात है ठगहारों की तो उनका कोई ईमान और धर्म नहीं होता है वो केवल अपने स्वयं और अपने लोगों के हितों के सन्दर्भ में ही सोचते हैं या यूँ कहूँ केवल स्वयं का स्वार्थ सिद्ध करना चाहते हैं। वो ये नहीं सोचते कि इस ठगी के उपरान्त राष्ट्र, समाज, अर्थव्यवस्था और उस व्यक्ति पर क्या असर पड़ेगा जिसके साथ वो ठगी कारित कर रहे हैं। समय के बदलाव के साथ ठगी में कैसे-कैसे परिवर्तन आया और वर्तमान में ठगी कैसे होती है इन सभी बातों को उद्धृत करने के लिए मैंने इस पुस्तक को तीन हिस्सों में लिखा है जो इस प्रकार है पहला हिस्सा 18वीं एवं 19वीं शताब्दी के ठगहारों की व्याप्त कहानी, दूसरा हिस्सा पिछले दो दशकों में हुए बड़े स्कैम (घोटाले) और तीसरा व आख़िरी हिस्सा वर्तमान में व्याप्त ठगी की रोंगटे खड़े कर देने वाली कहानी इन सभी कहानियों में लिखे कुछ ठगों के नाम ठगी की दुनिया में इतने प्रसिद्ध हैं जो एक भी बच्चा भी जानता है लेकिन इन ठगों के अलावा कुछ गुमनाम ठग भी हैं जो इनसे किसी मामले में कम नहीं जैसे साइबर ठग जो स्पष्ट दिखाई नहीं देते परन्तु वो अपनी ठगी से समाज को अंधकार में ढकेलते हैं।

ये बात हो गई ठगी के पहले पहलू की और अगर बात की जाए दूसरे पहलू की तो ठगी का एक हिस्सा भारत का प्रत्येक 60% व्यक्ति है जिसमें मैं आप और हम सब आते हैं इन्हीं मुद्दों को आपके समक्ष रखने व ठगी करने वाले व्यक्तियों ठगहारों का जीवंत चित्रण करने का एक माध्यम है ये पुस्तक "भारतीय ठगहारों की कहानी" जिसका उद्देश्य भारत में हो रही ठगी को रोकना और एक ठगी मुक्त स्वच्छ समाज की रचना करना है जिससे हमारा राष्ट्र/देश एक नए आयाम को प्राप्त कर सके।

ठगी एक शब्द नहीं पीड़ा है।
हर पीड़ित का क्रन्दन है॥
व्यक्ति जो ठगा गया।
उसको हमने अन्दर से टूटा पाया॥
टूटे व्यक्ति के मन में एक बात।
ठगी न हो किसी के साथ॥
दूजी ओर वो ठगहार।
जिसकी बोली मीठी कटार॥
उसकी बातों में ऐसी सच्चाई।
जैसे कोई नहीं है उसके जैसा भाई॥
इन्हीं बातों के जाल में।
फँसती है दुनिया हर हाल मे॥
ठगी में वो जादू है,
जिससे गंजे व्यक्ति के सर पर बाल उग जाता है।
और कभी-कभी दो खम्बों पर नदी पर पुल बन जाता है॥
तो आइए आज हमें मिलकर संकल्प लेना है।

हमें ठगी से बचना है।

किसी की बातों में नहीं आना है।

और अपनी व्यक्तिगत जानकारी किसी दुसरे को नहीं बताना है।

ठगी मुक्त देश व सामज बनाना है॥

अनुक्रम

18वीं एवं 19वीं शताब्दी के ठगहारों की व्याप्त कहानी

अध्याय-1
मिथिलेश कुमार श्रीवास्तव (नटवरलाल)

हम बात करते हैं-

"भारतीय ठगहारों की कहानी" नामक पुस्तक के पहले हिस्से 18वीं एवं 19वीं शताब्दी के ठगहारों की व्याप्त कहानी के पहले पात्र की जो है, मिथिलेश कुमार श्रीवास्तव "मिस्टर नटवरलाल" जिनका नाम ठगी जगत में बड़े ही आदर व सम्मान के साथ लिया जाता है। मिस्टर नटवरलाल भारत ही नहीं अपितु पूरे संसार के ठगों में एक अलग प्रसिद्धि पाने वाले ठग हैं, क्योंकि उन्हें संसार का बसे बड़ा ठग भी माना जाता है। नटवरलाल के ठगी के क़िस्से इतने मशहूर थे कि अस्सी नब्बे और दो हज़ार के दशक में किसी न किसी पिक्चर में उनके ठगी पर आधारित एक दो दृश्य ज़रूर हुआ करते थे। इससे भी बड़ी बात ये कि नटवरलाल एक ऐसा ठग बन चुका था कि 1979 में नटवरलाल के ऊपर एक फ़िल्म बनी जिसका नाम "मिस्टर नटवरलाल" था जिसमें सदी के सबसे बड़े नायक श्री अमिताभ बच्चन, श्रीमती रेखा जी, श्री क़ादर ख़ान जैसे कलाकरों ने अभिनय किया था।

आइए जानते है कौन था मिथिलेश कुमार श्रीवास्तव और वो कैसे बना संसार का सबसे बड़ा ठग मिस्टर नटवरलाल –

सन् 1912 ई0वी0 को बिहार के सिवान ज़िले के जीरादेई गाँव में जन्म हुआ था मिथिलेश कुमार श्रीवास्तव का जो आगे चलकर संसार का सबसे बड़ा ठग नटवारलाल बना। जो नाम आज मुहवरा बन चुका है। मिथिलेश का जन्म रईस ज़मींदार रघुनाथ श्रीवास्तव के यहाँ हुआ था। मित्रो आपको बता दूँ जीरादेई वही गाँव हैं जहाँ स्वतंत्र भारत के प्रथम राष्ट्रपति भारत रत्न डॉ राजेन्द्र प्रसाद का जन्म हुआ था और एक बड़ी रोचक बात ये भी हैं कि जीरादेई में एक छोटा सा रेलवे स्टेशन भी है जिसका नाम जीरादेई रेलवे स्टेशन है और कहा जाता है कि डॉ राजेन्द्र प्रसाद और मिथिलेश कुमार श्रीवास्तव दोनो ने इसी रेलवे स्टेशन से ट्रेन पकड़ी थी पहला मुसाफ़िर तो भारत के राष्ट्रपति पद को प्राप्त

किया और राष्ट्रपति भवन तक पहुँचा और दूसरा मुसाफ़िर ठग बना और देश के विभिन्न जेलों में पहुँचा।

नटवरलाल के ठगी से जुड़ी कई कहानियाँ हैं। शुरुआत करते हैं पहली कहानी से जहाँ से काँरवा शुरू हुआ एक आम आदमी से संसार के सबसे बड़े ठग बनने का इसके सन्दर्भ में दो कहानियाँ बड़ी प्रचलित है पहली तो ये मिथिलेश पढ़ने में एक औसत छात्र था। पढ़ाई कि बजाय फ़ुटबॉल व शतरंज में उसकी रूचि ज़्यादा थी। कहते हैं कि मैट्रिक परीक्षा में फ़ेल होने के कारण मिथिलेश को उसके पिता ने बहुत मारा जिसके बाद वो कलकत्ता भाग गया। उस समय उसकी जेब में 5 रुपए थे। कलकत्ता में मिथिलेश रोड के किनारे पर लगे बिजली के खम्भे के नीचे पढ़ाई की उसके बाद में सेठ श्री केशव राम जी नामक एक व्यक्ति ने मिथिलेश को अपने बेटे को पढ़ाने के लिए रख लिया। मिथिलेश ने सेठ जी से अपने स्नातक की पढ़ाई के लिए पैसे उधार माँगे जिसे सेठ ने देने से मना कर दिया। सेठ जी के मना करने से मिथिलेश इतना चिढ़ गया कि उसने रुई की गाँठ ख़रीदने के नाम पर सेठ जी से 4.5 लाख की ठगी कर ली।

दूसरी कहानी ये कहती है कि एक बार मिथिलेश को उसके पड़ोसी सहाय ने बैंक ड्राफ्ट जमा करने के लिए भेजा। वहाँ जाकर मिथिलेश ने सहाय के हस्ताक्षर को हू-ब-हू कॉपी किया। उस समय मिथिलेश को पहली बार लगा कि वो जालसाज़ी का कार्य कर सकता है और एक बड़ा धनवान आदमी बन सकता है। उस दिन के बाद मिथिलेश ने कई क़िस्तों में अगले कुछ दिनो तक पड़ोसी सहाय के खाते से पैसे निकालता रहा जब मिथिलेश के पड़ोसी को इस बात की भनक लगी तब तक मिथिलेश उसके खाते से 1000 रुपए निकाल चुका था।

कुछ लोग इस घटना को पहली घटना भी कहते हैं और बताते हैं पता चलने के बाद पड़ोसी ने मिथिलेश के पिता से शिकायत की जिससे मिथिलेश के पिता बहुत क्रोधित हुए और उसे बहुत मारा और इसी कारण मिथिलेश घर से भागकर कलकत्ता पहुँचा। जिसके उपरान्त मिथिलेश ने सेठ श्री केशवराम जी को ठगा। इन घटनाओ में कौन पहले घटी मिथिलेश ने कहाँ अपनी पहली ठगी की इसमें आज भी जद्दोजहद बरक़रार है परन्तु एक बात से मुँह नहीं मोड़ा जा सकता है कि ये दोनो ही घटनाएँ सत्य हैं और यहीं से यात्रा शुरू होती हैं मिथिलेश कुमार

श्रीवास्तव के नटवरलाल बनने की।

ठगी कि दुनिया में प्रवेश के बाद में ये पेशा मिथिलेश को बड़ा रोचक लगने लगा। इसी बीच मिथिलेश ने कलकत्ता से ही अपनी वाणिज्य (कॉमर्स) में स्नातक की पढ़ाई पूर्ण की। साथ ही अब वो शेयर बाज़ार की दलाली में हाथ आज़माने लगा था। इसके उपरान्त मिथिलेश क़ानून की पढ़ाई कर वकील बन गया। पढ़ाई में उसकी रूचि पहले से ही नहीं थी। इसी कारण उसकी वकालत नहीं चली जिससे वकालत न करके उसने ठगी को ही अपना पेशा बना लिया। दूसरी बात ये भी कहीं जाती है वकालत करने के पहले से ही मिथिलेश ठगी को अपना पेशा बना चुका था। जो ऊपर की कहानी के अनुसार स्पष्ट है फिर भी मेरा तो ये मानना है कि जब-

"शेर के मुख में ख़ून लग गया तो वो ख़ून पीना बन्द नहीं कर सकता।"

उसी प्रकार मिथिलेश के मुख में भी ठगी का ख़ून लग चुका था जिसे वो अपनी ज़िन्दगी के अन्तिम क्षण तक पीता रहा।

मिथिलेश कुमार श्रीवास्तव के जालसाज़ी के क़िस्से?

मिथिलेश सैकड़ों लोगों को धोखा दिया और आठ राज्यों के पुलिस की सूचना के अनुसार 52 से अधिक छद्म नामों का इस्तेमाल किया था वो हमेशा ठगी के लिए शहर बदलता रहता था। लोगों को धोखा देने के लिए उपन्यासों से पढ़कर आइडिया इस्तेमाल करता था। ठगी में नटवरलाल इतना शातिर था। कि उसने 3 बार ताजमहल दो बार लाल क़िला, एक बार राष्ट्रपति भवन और एक बार संसद भवन तक को बेच दिया था। राष्ट्रपति डॉ राजेन्द्र प्रसाद जी के फर्जी हस्ताक्षर करके नटवरलाल ने संसद को बेच दिया था। जिस समय संसद को बेचा था उस समय सारे सांसद वहीं मौजूद थे। जैसा कि इस पैराग्राफ़ की पहली पंक्ति में मैंने बताया है कि नटवरलाल के 52 नाम थे, और उन्हीं में से एक नाम नटवरलाल भी था। सरकारी कर्मचारी बनकर नटवरलाल ने विदेशियों को ये सारे स्मारक बेचे थे। जैसा कि अध्याय के पहले पृष्ठ पर परिचय के दौरान मैंने एक बात का ज़िक्र किया है कि इसकी ठगी पर आधारित एक फ़िल्म भी बनी है जिसका नाम मिस्टर नटवरलाल है। जिसमें श्री अमिताभ बच्चन ने नटवरलाल

का किरदार निभाया था। नटवरलाल प्रसिद्ध हस्तियों के हस्ताक्षर बनाने में माहिर था। ये भी कहा जाता है कि उसने कई बड़े उद्योगपतियों को धोखा दिया था, वो एक बडी रक़म उनसे ये कहकर लेता था कि वो एक सामाजिक कार्यकर्ता है। उसने कई दुकानदारों को लाखों रुपयों का चूना लगाया। दुकानदारों से बड़ी संख्या में समान लेकर उन्हें नक़ली चेक और डिमांड ड्राफ्ट (डी.डी) द्वारा भुगतान करता था। दिल्ली के कनाट प्लेस में श्री सुरेन्द्र शर्मा की घड़ी की दुकान थी। एक दिन एक बूढ़ा आदमी जो सफेद कमीज और पैंट पहने हुआ था। वो घड़ी की दुकान में जाता है और ख़ुद का परिचय तत्कालिक वित्तमन्त्री श्री नारायण दत्त तिवारी का पर्सनल स्टाफ़ डी.एन तिवारी रूप में देता है और दुकानदार से कहता है कि प्रधानमन्त्री श्री राजीव गाँधी के दिन अच्छे नहीं चल रहे हैं, इसलिए उन्होंने पार्टी के सभी वरिष्ठ लोगों को समर्थन के लिए दिल्ली बुलाया है और इस बैठक में शामिल होने वाले सभी लोगों को घड़ी भेंट करना चाहते हैं तो मुझे आपकी दुकान से 93 घड़ी चाहिए। दुकानदार को तो पहले इस आदमी की बातों पर शक हुआ लेकिन एक साथ इतनी घड़ियों को बेचने के लालच में ख़ुद को रोक नहीं पाया। अगले दिन बूढ़ा आदमी घड़ी लेने दुकान पहुँचा दुकानदार को घड़ी पैक करने की बात कह एक स्टाफ़ को अपने साथ (नार्थ ब्लॉक) में वो जगह है, जहाँ प्रधानमन्त्री से लेकर बड़े-बडे आधिकारियों का कार्यालय होता है। ले गया वहाँ उसने स्टाफ़ को भुगतान के तौर पर 32,829 रुपए का बैंक ड्राफ्ट दे दिया दो दिन बाद जब दुकानदार ने बैंक ड्राफ्ट जमा किया तो बैंक वालो ने बताया ये ड्राफ्ट फ़र्ज़ी है। फिर दुकानदार को समझ आया कि वो बूढ़ा आदमी नटवरलाल था और इसके बाद वित्तमन्त्री श्री वी.पी सिंह तो कभी वाराणसी के ज़िला जज का नाम तो कभी यू.पी के सी.एम के नाम पर नटवर लाल अलग-अलग शहर में दुकानदारों का चूना लगाता रहा।

नटवरलाल को ज़्यादा अंग्रेज़ी नहीं आती थी। लेकिन जितनी आती थी वो उसके लिए काफ़ी थी। शायद और आती होती तो भारत ही नहीं विदेशों में भी उसके कारनामों की कहानियाँ सुनाई जाती। एक बार उसके पड़ोस के गाँव में उस समय के राष्ट्रपति डॉ राजेन्द्र प्रसाद आए हुए थे। नटवरलाल को उस समय डॉ राजेन्द्र प्रसाद से मिलने का मौक़ा मिला। नटवरलाल ने उनके सामने भी अपनी कला का प्रदर्शन किया और राष्ट्रपति के हू-ब-हू हस्ताक्षर कर

सब को हैरान कर दिया। डॉ राजेन्द्र प्रसाद नटवरलाल से बहुत प्रभावित हुए। नटवरलाल ने राष्ट्रपति महोदय से कहा कि अगर आप एक बार मौक़ा दें तो मैं विदेशियों को उनका क़र्ज़ा वापस कर उन्हें भारत का क़र्ज़दार बना सकता हूँ तब डॉ राजेन्द्र प्रसाद ने उसे समझाते हुए साथ चलने को कहा और नौकरी दिलाने का भी आश्वासन दिया पर नटवरलाल को अब नौकरी कहाँ सुहाती थी। वो तो बस अपनी मन मर्ज़ी करना चाहता था। अब तो उसके हाथ जादुई चिराग़ लग चुका था जिससे वो कुछ ऐसा करने वाला था। जो कोई साधारण व्यक्ति सोच भी नहीं सकता। वो जादुई चिराग़ था राष्ट्रपति के हस्ताक्षर जिनका प्रयोग करके तीन बार ताजमहल, दो बार लाल क़िला और एक बार राष्ट्रपति भवन को बेच दिया जिसकी चर्चा मैनें ऊपर कि पंक्ति में भी की है लेकिन आपको हैरान कर देने वाली पूरी सच्चाई को यहाँ प्रस्तुत किया गया है। सबसे आश्चर्य कि बात तो ये है वो इतने पर भी नहीं रुका बढ़ता ही चला गया। हम प्रायः चर्चा करते हैं फलाना मन्त्री ढेकाना सांसद बिका हुआ है, फलाना अधिकारी बिका हुआ है लेकिन क्या कोई सोच सकता है कि कोई मन्त्रियों व सांसदो को ही बेच दे। जी हाँ ये कारनामा भारत के सबसे बड़े ठग नटवरलाल ने कर दिखाया था। उसने संसद भवन को उसके 545 सांसदो समेत बेच दिया था। नटवरलाल ने सिर्फ़ सरकार को ही नहीं अपितु धीरूबाई अम्बानी, टाटा व बिरला जैसे बड़े उद्योगपतियों को भी अपना शिकार बनाया। वैसे उसके ज़्यादातर शिकार सरकारी तन्त्र से जुड़े लोग ही होते थे या फिर मध्यमवर्गीय परिवार के लोग। नटवरलाल अब एक बहुत बड़ा अपराधी बन चुका था। उस पर आठ राज्यों में 100 से ऊपर आपराधिक मामले दर्ज थे। 30 अपराध तो ऐसे थे जिसकी सज़ा मिल ही नहीं पाई थी।

नटवरलाल अपने जीवनकाल में 9 बार गिरफ़्तार किया गया था लेकिन हर बार वो जेल से भागने में सफल रहा। उसे जालसाज़ी के 14 मामलो में दोषी ठहराया गया था और 113 साल की सज़ा सुनाई गई थी, लेकिन उसने मुश्किल से 20 साल ही जेल में बिताए और कहीं-कहीं तो केवल 11 वर्ष जेल में रहने का सबूत मिलता है। इसका मुख्य कारण ये भी था कि उसका नाटकीय ढंग से भाग जाना। वो जितने नाटकीय ढंग से पकड़ा जाता ता। उससे भी ज़्यादा नाटकीय ढंग से भाग जाने में कामयाब हो जाता था। एक बार 75 वर्ष की आयु

में 3 हवलदार नटवरलाल को पुरानी दिल्ली की तिहाड़ जेल से कानपुर जाने के लिए रेलवे स्टेशन पर लखनऊ मेल पकड़ने के लिए आए। नटवरलाल ज़ोर-ज़ोर से हाँफने लगा और एक हवलदार से बीमारी का बहना लगा उसे दवाई लाने को कहा। तबियत बिगड़ी देख एक हवलदार दवाई लेने चला गया। तभी नटवरलाल ने अपना दूसरा दाँव खेला और एक हवलदार को कहा तुम जल्दी से पानी ले आओ वरना जान निकल जाएगी। अब बचा था एक ही हवलदार नटवरलाल ने बाथरूम का बहाना लगाया। उसके हाथ में रस्सी बँधी हुई थी। जैसे ही वो हवलदार नटवरलाल को लेकर बाथरूम के पास पहुँचा तो देखा कि उसके पास हाथ में बस रस्सी ही बची थी। नटवर लाल रफ़ूचक्कर हो गया था। उसके बाद उन तीनों हवलदारों को निलम्बित कर दिया गया। आख़िरी बार नटवरलाल को वर्ष 1996 में गिरफ़्तार किया गया था उस समय उसकी उम्र 84 वर्ष थी। लेकिन वो पुलिस को चकमा देने में एक बार पुनः कामयाब रहा। उस समय वो व्हील चेयर का उपयोग करता था और उसे कानपुर जेल से दिल्ली इलाज के लिए ले जाया जा रहा था। नई दिल्ली रेलवे स्टेशन पर मौक़ा पाकर वो ग़ायब हो गया था उस तारीख़ के बाद फिर उसे (केवल एक बार 24 जून 1996) में देखा गया था। जिसे पुलिस के एक दरोग़ा ने देखा था जो हवलदार होने के ज़माने से नटवरलाल को जानता था। जब तक वो अपने साथियों को लेकर वापस आता तब तक नटवरलाल ग़ायब था शायद नटवरलाल ने पुलिस वाले को देख लिया था। उसके उपरान्त नटवरलाल को फिर कभी नहीं देखा गया। नटवरलाल को अपने किए पर कोई शर्म नहीं थी। वो अपने आप को रोबिन-हुड मानता था कहता था मैं अमीरों को लूट कर ग़रीबों को देता हूँ। उसका कहना था मैनें कभी हथियार इस्तेमाल नहीं किया। लोगों से बहना बनाकर पैसे माँगे और लोग पैसे दे गए इसमें मेरा क्या क़ुसूर है।

अब तो नटवरलाल इस संसार से विदा ले चुका है। इसका प्रमाण उसके वकील ने दिया और अदालत में बताया कि वो 25 जुलाई 2009 को नटवरलाल कि मृत्यु हो चुकी है। नटवरलाल के अनुज श्री गंगा प्रसाद जी का कहना है कि नटवरलाल कि मृत्यु 1996 में हो गई थी और उसका उन्होने अन्तिम संस्कार राँची में कर दिया था। परन्तु इसका पुख़्ता सबूत नहीं हैं नटवरलाल जाते-जाते अपनी मौत के क़िस्से में ठगी का एक पृष्ठ जोड़ता गया। नटवरलाल और उसके

परिजन उसे ठग नहीं एक अच्छा व्यक्ति मानते थे परन्तु वो एक ठग था और उसके ठगी से देश को क्षति पहुँची है और राष्ट्र पर ठगी का क्या असर पड़ता है वो आगे के पृष्ठों में वृहद चर्चा होगी और इन सभी बातों को स्पष्ट किया जाएगा।

अध्याय-2
ठग बहराम

भारतीय ठगी जगत के पहले हिस्से 18वीं एवं 19वीं शताब्दी के ठगहारों की व्याप्त कहानी का दूसरा सबसे मशहूर नाम उस व्यक्ति का है जो आज़ादी के पहले ही अपना नाम गिनीज़ बुक वर्ल्ड रिकार्ड में अंकित करा चुका था। जिस ठग ने आज़ाद भारत में यद्यपि एक पल भी साँस न ली। उसकी कहानी निश्चित रूप से 1765 से 1840 ई0वी0 की है परन्तु उसकी ठगी के क़िस्से, क़त्ल करने के अनोखे अन्दाज़ सम्पूर्ण विश्व में आज भी चर्चा का विषय है। जिसके नाम के पहले ठग जोड़ दिया गया हो, वो व्यक्ति है ठग बेहराम।

आइए जानते हैं ठग बहराम के ठगी व क़त्ल की कहानी-

ठग बेहराम का जन्म 1765 ई0वी0 को जबलपुर मध्य-प्रदेश भारत में हुआ था जो एक लुटेरा डाकू था। जिसके कई नाम थे जिनमें बुराम, बहराम, किंग ऑफ़ ठग शामिल हैं। वो 18वीं शताब्दी का सबसे कुख्यात ठग था।

ठग बहराम बचपन में बहुत सीधा-साधा हुआ करता था। ठग बेहराम कि दोस्ती बचपन में सैयद आमिर अली से हो गई थी, जो कि बहराम की उम्र से लगभग 25 वर्ष बड़ा था, और अपने समय का एक कुख्यात ठग था। बहराम का ठगों की ख़ूँ-ख़्वार दुनिया से परिचय कराने वाला और कोई नहीं आमिर अली था, देखते ही देखते बहराम ठगों का सरदार बन बैठा था। बहराम के साथ एक महिला भी कार्य करती थी जिसका नाम डॉली था। हालाँकि कुछ समय बाद दोनों अलग हो गए थे। कहते हैं 25 वर्ष कि उम्र में बहराम ने ठगों की दुनिया में क़दम रख लिया था, और मात्र 10 वर्ष में ही उसने इतने हत्याओं को अन्जाम दिया था कि बहराम का ख़ौफ़ लोगों के दिलों में फैलने लग गया था। बहराम अपने पास हमेशा पीले रंग का एक रुमाल रखा करता था, और एक सिक्का रुमाल के अन्दर डालकर मुसाफ़िरों की हत्या किया करता था और उनका सामान लूट लेता था। ठगों का इतना ख़ौफ़ था कि अगर लोगों को हल्की सी भी भनक लग जाती ठगों के बारे में तो लोग अपना रास्ता बदल लेते थे। बहराम ने

क़रीब 200 ठगों का एक गुप्र बनाया था, जिसने मध्य भारत में डर का साम्राज्य पैदा कर रखा था। ठग बहराम का दल आपस में बातचीत करने के लिए एक अलग क़िस्म कि सांकेतिक भाषा "रामोस" का इस्तेमाल करते थे। इस भाषा को ख़ासतौर पर वो हमला करने के दौरान प्रयोग किया करते थे। बहराम का क़ाफ़िला व्यापारियों, पर्यटकों और तीर्थयात्रियों के जत्थों पर हमला किया करता था और रहस्यमयी ढंग से उनका नामो-निशान मिटा देता था।

ठगों के बढ़ते आतंक की कहानी इंग्लैंड तक जा पहुँची, जिसके बाद ब्रिटिश हुकूमत ने ठगों का पता लगाने के लिए 5 जाँचकर्ताओं की एक टीम भारत भेजा। कड़ी मेहनत करने के पश्चात जाँचकर्ताओं की टीम को इतना ही पता चला कि ठगों के सरदार का नाम बहराम हैं। पूरे मध्य भारत पर बहराम और उसके गिरोह का आतंक बढ़ता जा रहा था। जिससे अंग्रेज़ भी काफ़ी दबाव में आ गए थे। अंग्रेजों ने जितने भी जाँचकर्ता भेजे थे उन सभी की बहराम ने हत्या कर दी थी। ऐसे में बहराम को पकड़ने के लिए अंग्रेज़ों ने कैप्टन विलियम हेनरी स्लीमैन को भारत भेजा था। सन् 1822 में स्लीमैन को नरसिंहपुर ज़िले का मजिस्ट्रेट बनाया गया था। ठगों के बारे में जानकारी जुटाने के लिए स्लीमैन को एक शहर से दूसरे शहर भटकना पड़ता था। परन्तु स्लीमैन को बहराम के बारे में कोई जानकारी नहीं मिल रही थी। इसी बीच भारत के गवर्नर जरनल के रूप में लार्ड बेंण्टिक की नियुक्ति की गई। ठगों के गिरोह का पर्दाफ़ाश करने के लिए लार्ड बेंण्टिक ने स्लीमैन को पूरी तरह से छूट दिया। और साथ में सुरक्षाबलों की टीम भी प्रदान की। कैप्टन विलियम स्लीमैन को ठग सैयद आमिर अली के ठिकाने के बारे में पता चला ब्रिटिश फ़ोर्स आमिर अली के घर पहुँच गई लेकिन तब तक आमिर अली फ़रार हो चुका था। घर में आमिर अली की माँ व परिवार के अन्य सदस्य मिले तो उन्हें ही गिरफ़्तार कर लिया गया था। सन् 1832 में आमिर अली ने अपने परिवार को बचाने के लिए ख़ुद को सरेंडर कर दिया। काफ़ी पूछताछ के बाद आमिर अली ने ठगों और बहराम के बारे में बयान दिया जिसे पुलिस सुप्रीटेंडेंट फ़िलिप मीडो टेलर ने शब्दशः लिखा है। आमिर अली के अनुसार उसके और बहराम जैसे सैकड़ों सरग़ना थे जिनकी देख-रेख में ठगी का धंधा चल रहा था। टेलर ने आमिर अली से जब पूछा कि तुमने कितने लोगों को मारा तो उसने मुस्कुराते हुए कहा अरे साहब, वो तो मैं पकड़ा गया नहीं तो

हज़ार पार कर लेता। आप लोगों ने 799 पर ही रोक दिया ठगी का आलम ये था कि अंग्रेज़ों को इनसे निपटने के लिए एक अलग डिपार्टमेंट बनाना पड़ा था, वही विभाग आगे चलकर इन्टेलिजेंस ब्यूरो या आई.बी के नाम से जाना गया।

टेलर ने लिखा है, अवध से लेकर दक्कन तक ठगों का जाल फैला था, उन्हें पकड़ना इसलिए बहुत मुश्किल था क्योंकि वो बहुत ख़ुफ़िया तरीक़े से काम करते थे। उन्हें आम लोगों से अलग करने का कोई तरीक़ा ही नहीं आता था। वे अपना काम योजना बनाकर बेहद चालाकी से करते थे। ताकि किसी को शक न हो। ठगों से निपटने के लिए बने डिपार्टमेंट के सुपरिटेंडेट कैप्टन रेनालडस ने 1831 से 1837 के बीच ठगों पर हुई कार्यवाइयों का 1838 में ब्योरा दिया था। इस ब्योरे के मुताबिक़ पकड़े गए जिन 1059 लोगों का दोष पूरी तरह साबित नहीं हो सका उन्हें दूर मलेशिया के पास पेनांग टापू पर ले जाकर छोड़ दिया गया ताकि वो दोबारा वारदात न कर सकें। इसके अलावा, 412 को फाँसी दी गई और 87 को आजीवन कारावस की सज़ा हुई।

ठगों की ख़ुफ़िया रहस्यमय ज़िन्दगी-

ठगों के लिए अंग्रेज़ों ने सीक्रेटिव कल्ट, हाईवे राबर्स और मास मर्डरर जैसे शब्दों का इस्तेमाल किया है। कल्ट कहे जाने कि वजह ये है कि उनके अपने रीति रिवाज, विश्वास, मान्यताएँ, परम्पराएँ उसूल और तौर तरीक़े थे जिनका वे बहुत पाबन्दी से धर्म की तरह पालन करते थे। उनकी अपनी अलग एक ख़ुफ़िया भाषा थी जिसमें वे आपस में बात करते थे। इस भाषा को रमासी कहा जाता था। भारत में ठगों की कमर तोड़ने का श्रेय मेजर जरनल विलियम हेनरी स्लीमैन को दिया जाता है जिन्हें अंग्रेज़ी हुकूमत ने सर के ख़िताब से नवाज़ा था। स्लीमैन लिखते हैं, ठगों के गिरोह में हिन्दू और मुसलमान दोनों हैं। ठगी की शुरुआत कैसे हुई ये बता पाना नामुमकिन है, लेकिन ऊँचे रुतबे वाले शेख़ से लेकर ख़ानाबदोश मुसलमान और हर जाति के हिन्दू इसमें शामिल थे।

मुहूर्त से होता था हर काम-

चाहे हिन्दू हो या मुसलमान, ठग शुभ मुहूर्त देखकर, विधि-विधान से पूजा पाठ करके अपने काम पर निकलते थे, जिसे जिताई पर जाना कहा जाता था।

ठगी का मौसम आमतौर पर दुर्गा पूजा से लेकर होली के बीच होता था। तेज़ गर्मी और बारिश में रास्तों पर मुसाफ़िर भी कम मिलते थे और काम करना भी मुश्किल होता था। अलग-अलग गिरोह अपनी आस्था के हिसाब से मन्दिरों में दर्शन करने जाते थे। ज़्यादातर ठग गिरोह माँ काली के उपासक होते थे, और उन्हीं की पूजा करते थे। इसके अलावा वो हर अगले क़दम से पहले शकुन व अपशकुन का विचार करते थे। उल्लू के बोलने कौव्वे के उड़ने, मोर के चिल्लाने, लोमड़ी के दिखने जैसी हर चीज़ का वो अपने हिसाब से मतलब निकालते थे। जिताई पर जाने से पहले सात दिन से साता शुरू हो जाता था। इस दौरान ठग और उनके परिवार के सदस्य खाने-पीने, सोने-उठने और नहाने हजामत बनाने वग़ैरह बनाने में कड़े नियमों का पालन करते थे। साता के दौरान बाहर के लोगों से मेल-जोल, किसी और को बुलाना या उसके घर जाना नहीं होता था। इस दौरान कोई दान नहीं दिया जाता था, यहाँ तक कि कुत्ते बिल्ली जैसे जानवारों को भी खाना नहीं दिया था। जिताई से सफल होकर लौटने के बाद पूजा-पाठ और दान पुण्य जैसे काम होते थे। इस तरह इटब के नियमों का पालन होता था। ठगों का मानना था कि काम पर निकलने से पहले पूर्ण रूप से पवित्र होना बहुत ज़रूरी होता था। गिरोह के किसी ठग के घर में कोई जन्म या मृत्यु होने पर सात दिन के लिए या तो पूरा गिरोह रुक जाता था या वो ठग काम पर नहीं जाता था, जिसके परिवार में जन्म या मृत्यु हुई हो।

कस्सी का महत्व –

मारे जाने वालों की क़ब्र जिस कुदाल से खोदी जाती थी, उसे कस्सी कहा जाता था। कस्सी सबसे ज़्यादा आदर की चीज़ थी। गहरे रिसर्च के बाद उर्दू और हिन्दी में लिखे कई उपन्यास में से कई चाँद थे सरे आसमाँ में शम्सुर्रहमान फ़ारूक़ी ने कस्सी की पूजा का वर्णन कुछ इस तरह किया है। एक साफ़-सुथरी जगह पर थाली में पानी लेकर कुदाली धो लिया जाता है। फिर पूजा कि विधि जानने वाला ठग बीच में बैठता है, बाक़ी ठग नहा-धोकर उसके चारों तरफ़ बैठते हैं, कुदाली को पहले गुड़ के शर्बत, फिर दही के शर्बत और अन्त में शराब से नहलाया जाता है। फिर तिल, जौ, रोली, पान और फूल से उसकी पूजा की जाती है। कुदाली की नोक पर सिंदूर से सात टीके लगाए जाते हैं। उस कुदाली

से एक नारियल फोड़ा जाता है। नारियल फूटने पर सभी ठग, चाहे हिन्दू हो या मुसलमान जै देवी माई की बोलते हैं। ठगों के बीच ऐसी कहानियाँ प्रचलित थी कि उन पर कुदाल देवी का आशीर्वाद रहता है। इसके अलावा एक और ख़ास बात ये थी कि ठग मानते थे कि अगर वे नियमों का पालन करते हुए अपना काम करेंगे तो देवी माँ की कृपा उन पर बनी रहेगी। पहला नियम ये था कि क़त्ल में एक बूँद भी ख़ून नहीं बहना चाहिए, दूसरे किसी औरत या बच्चे को किसी हाल में नहीं मारा जाना चाहिए तीसरे जब तक माल मिलने कि उम्मीद न हो, हत्या बिल्कुल नहीं होना चाहिए। टेलर लिखते कि आमिर अली ख़ान को अपने किए पर ज़रा भी पछतावा नहीं था। दूसरे सभी ठगों के बारे में भी मेजर जरनल स्लीमैन ने लिखा है कि वे मानते नहीं थे कि वे कुछ ग़लत कर रहें हैं। उनकी नज़र में ये अन्य पेशों की तरह ही एक पेशा था और उनके मन में ज़रा भी पछतावा या दुख नहीं था कि किस तरह मासूम लोगों को मारकर वे ग़ायब कर देते हैं।

कैसे होती थी रास्तों पर ठगी-

जिताई पर निकलने वाले ठगों का गिरोह 20 से 50 तक का होता था। वे आम तौर पर तीन दस्तों में चलते थे। एक पीछे एक बीच में और एक आगे। इन तीनों दस्तों के बीच तालमेल के लिए हर टोली में एक दो लोग होते थे जो एक कड़ी का काम करते थे। वे अपनी चाल तेज़ या धीमी करके अलग होते या साथ आ सकते थे। ज़्यादातर ठग कई भाषाएँ, गाना, बजाना, भजन, कीर्तन, नात, क़व्वाली और हिन्दू-मुसलमान दोनों धर्मों के तौर तरीक़े अच्छी तरह जानते थे। वे ज़रूरत के हिसाब से तीर्थयात्री, बाराती, मज़ार के ज़ायरीन या नक़ली शव यात्रा निकालने वाले बन जाते थे। एक रास्ते पर वे कई बार अपना रूप बदल लेते थे। ज़ाहिर है वे भेष बदलने में भी ख़ासे माहिर थे। वे बहुत धीरज से काम लेते थे, अपने शिकार को ज़रा भी भनक नहीं लगने देते थे। कई बार तो लोग ठगों के डर से ही असली ठगों को शरीफ़ समझकर उनकी गिरफ़्त में आ जाते थे। ठगों के सरदार आम तौर पर पढ़े लिखे इज़्ज़तदार आदमी की तरह दिखने-बोलने वाले लोग होते थे। और बाक़ी उसके तरह-तरह के कारिन्दे। फ़िलिप मीडो टेलर की किताब कनफ़ेशन ऑफ़ ए ठग में आमिर अली ने विस्तार से लोगों को बताया

है कि कैसे वो बड़े सेठों और भलेदार लोगों से ज़रूरत के हिसाब से कभी किसी नवाब के सिपाह-सालार की तरह मिलता था, कभी मौलवी की तरह तो कभी तीर्थयात्रियों का नेतृत्व कर रहे पंडित की तरह।

आमिर अली ने बताया कि ठगों के काम बटे हुए थे। 'सोठा' गिरोह के सदस्य सबसे समझदार लोगों को बातो में फँसाने वाले लोग थे जो शिकार की ताक में सरायों के आसपास मंडराते थे। वे आने-जाने वाले की टोह लेते थे। फिर उनके माल-असबाब और हैसियत का अन्दाज़ा लगाकर उसे अपने चंगुल में फँसाते थे। आमिर अली के गिरोह का सोठा गोपाल था जो बहुत होशियारी से अपना काम करता था। शिकार की पहचान करने के बाद कुछ लोग उसके पीछे कुछ आगे और कुछ सबसे आगे चलते। रास्ते भर धीरे-धीरे करके ठगों की तादाद बढ़ती जाती लेकिन वो ऐसा दिखाते जैसे एक दूसरे को बिल्कुल भी नहीं जानते। अपने ही लोगों को जत्थे में शामिल होने से रोकने का नाटक करते थे ताकि शक न हो। ये बहुत धीरज का काम था, हड़बड़ी की कोई गुन्जाइश नहीं थी। आमिर अली ने अपने बयान में टेलर को ये भी बताया था कि कई बार तो हफ़्ते-दस दिन तक सही मौक़े का इन्तज़ार किया जाता था। अगर किसी गड़बड़ी की आशंका हो तो वारदात टाल दी जाती थी।

कमाल का सामंजस्य

सबसे आगे चलने वाले में 'बेल' पानी क़ब्र तैयार करने वाले लोग होते थे। इन्हें बीच वाले दस्ते में से कड़ी का काम करने वाला बता देता था कि कितने लोगों के लिए क़ब्र बनानी है। पीछे वाला दस्ता नज़र रखता था कि कोई ख़तरा उनकी तरफ़ तो नहीं आ रहा। आख़िर में तीनों बहुत पास-पास आ जाते परन्तु इसकी ख़बर शिकार को नहीं होती थी। कई दिन गुज़र जाने के बाद जब शिकार चौकन्ना नहीं होता था और जगह माक़ूल होती थी तब गिरोह को कार्यवाही के लिए सतर्क करने के लिए, बातचीत में पहले से तय एक नाम लिया जाता था। आमिर अली ने बताया कि इसके लिए 'सरमस्त ख़ाँ' 'लछन ख़ाँ' 'सरबुलन्द ख़ाँ' 'हरिराम' या जयगोपाल जैसे नामों का इस्तेमाल किया जाता था ये पहला इशारा था कि अब कार्यवाही होने वाली है इसके बाद ठगों में सबसे 'इज़्ज़तदार' लोगों की बारी आती ती जिन्हें 'भतौट' या 'भतौटी' कहा जाता था। इनका काम बिना

ख़ून बहाए रुमाल में सिक्का बाँधकर बनाई गई गाँठ से शिकार का गला घोंटना होता था। हर एक शिकार के पीछे एक भतौट होता था। इसके लिए मुस्तैद ठग अपने सरग़ना की 'झिरनी' का इन्तज़ार करते थे।

आइए बात करते हैं झिरनी की आख़िर ये क्या है-

झिरनी अन्तिम इशारा होता था कि अपने आगे खड़े या बैठे सिकार के गले में फंदा डालकर खींचा जाए। आमिर अली ने एक झटके में 12-15 तंदुरुस्त मर्दों का काम तमाम करने का वर्णन बेहद सहजता से किया है। उसने टेलर को बताया, 'इशारा' या झिरनी आमतौर पर सुरती खा लो, हुक्का पिलाओ या गाना सुनाओ जैसा छोटा वाक्य होता था। फिर पलक झपकते ही भतौट शिकार के गले में फंदा डाल देते थे और दो-तीन मिनट में आदमी तड़पकर ठंडा हो जाता था। इसके बाद लाशो से क़ीमती सामान हटाकर उन्हें पहले से खुदी हई क़ब्रों में एक सिर की तरफ़ दूसरे का पैर वाली तरकीब से क़ब्रों में डाल दिया जाता ताकि कम से कम जगह में ज़्यादा लाशें आ सकें। इसके बाद जगह को समतल करके उसके ऊपर काँटेदार झाड़ियाँ जो पहले से तैयार रखी होती थी, लगा दी जाती थी ताकि जंगली जानवर क़ब्र को खोदने की कोशिश न करें। इस तरह पूरा का पूरा चलता फिरता क़ाफ़िला हमेशा के लिए ग़ायब हो जाता था और ठग भी।

ठग एक अलग तरह का जीव (प्राणी) था-

आमिर अली ने अपने बयान में बताया है कि आज के उत्तर-प्रदेश के जालौन में वो अपनी पत्नी व बेटी के साथ रहता था। ज़्यादातर लोग उसे मुसलमान जमींदार या सौदागर समझते थे। साल के सात-आठ महीने वो घर पर एक इज़्ज़तदार मुसलमान की तरह रहता और सही समय पर पूजा-पाठ करके चार महीने के लिए जिताई पर निकल जाता था। बहुत कम लोग जानते थे कि कौन ठग है, लेकिन एक पूरा नेटवर्क था ये संगठित अपराध था। आमिर अली के मुताबिक़ कई छोटे-बड़े ज़मींदार और नवाब ठगों से नज़राना वसूल करते थे और मुसीबत के वक्त उन्हें पनाह भी देते थे लेकिन अंग्रेज़ों को इसकी भनक नहीं लगने देते थे। इसी तरह, कई ज़मीदारों ने ठगों को अपनी बिना खेती वाली ज़मीन इस्तेमाल करने की छूट दे रखी थी जिसमें वे सामूहिक क़ब्रें खोदते थे। बदले में उन्हें ठगों से हिस्सा मिलता था। इस तरह हर जगह ठगों के मुख़बिर

और उनके मददगार लोग थे। जिन्हें वे पैसे देते थे या उनसे दोस्तियाँ गाँठते थे। मदद करने वाले इन लोगों को तो कई बार पता भी नहीं होता था कि वे किसका साथ दे रहे हैं। कौन ठग था और कौन नहीं, अंग्रेज़ इस पहेली से लगातार झूज रहे थे। फ़िलिप मीडो टेलर ने अपनी किताब की भूमिका में 1825-26 के एक दिलचस्प क़िस्से का ज़िक्र किया है। वे लिखते हैं, "मेरी तैनाती हिंगोली में थी, वहाँ हरि सिंह नाम का एक व्यापारी था। हम उससे लेन-देन करते थे। एक दिन उसने बाम्बे से कुछ कपड़ा लाने का परमिट माँगा, जो उसे दे दिया गया। वो कपड़ा ले आया और उसने मिलिट्री कैंटोनमेंट में कपड़ा बेचा। दरअसल, वो कपड़ा किसी और व्यापारी का था। हरि सिंह ने उसे और उसके कारिन्दों को मारकर कपड़ा लूट लिया था। हरि सिंह दरअसल ठग था। अंग्रेज़ों को हरि सिंह के ठग होने का पता कई साल बाद चला जब उसने पकड़े जाने के बाद अंग्रेज़ों का मज़ाक़ उड़ाया और बताया कि कैसे कपड़ों का परमिट लेकर उसने गोरे साहब को उल्लू बनाया 1835 के बाद के सालों में जब ठग पकड़े जाने लगे और उनकी पोल खुलने लगी तो पता चला कि ठगी कितने बड़े पैमाने पर जारी थी। फ़िलप मीडो टेलर ने लिखा है कि मैं मन्दसौर में सुपरिटेंडेंट था। जब हमें एक वादा माफ़ सरकारी गवाह बने ठग की निशानदेही पर ज़मीन खोदनी शुरू की तो इतनी सामूहिक क़ब्रें मिली कि हमने परेशान होकर खुदाई करना ही बन्द कर दिया।

ठगों पर भारी अफ्रीकी गुलाम-

गहन ऐतिहासिक शोध के बाद लिखे गए शम्सुर्रहमान फ़ारूक़ी के चर्चित उपन्यास कई चाँद थे सरे आसमाँ में 1843-44 में रामपुर के नवाब के ख़ास दरबारी मिर्ज़ा तुराब अली के ठगों के हाथों मारे जाने का विस्तृत ब्योरा है। इसमें बताया गया है कि बिहार के सोनपुर के मेले से हाथी-घोड़े ख़रीदने गए नवाब के सिपह-सालार और उनके छह साथियों को ठगों ने मार डाला। मिर्ज़ा तुराब अली और उनके साथियों की हत्या के बारे में जो ब्यौरा मिला, उसके मुताबिक़ ठगों ने एक मरे हुए मुसलमान राहगीर की जनाज़े की नमाज़ पढ़वाने के बहाने हथियारबन्द मिर्ज़ा और उनके साथियों को घोड़ों से नीचे उतारा था। जब वे नमाज़ पढ़ रहे थे, तभी सुरती खिलाओ की आवाज़ हुई और सात लोग रुमाल

से गला घोंटकर मार डाले गए। जब तुराक अली रामपुर लौंट कर नहीं आए तो नवाब को शक हुआ कि कहीं ठगों के शिकार तो नहीं हो गए। उन्होंने अफ्रीका से ग़ुलाम बनाकर गुजरात के तट पर लाए गए अफ्रीकियों की कहानियाँ सुन रखी थी, जिन्हें सीदी कहा जाता है। उन्होंने इस काम के लिए सीदी इकराम और सीदी मुनइम की मदद ली। सीदियो के बारे में फ़ारूक़ी लिखते हैं, "नस्ल के लिहाज़ से सीदी और काम के लिहाज़ से उन्हें खोजिया कहा जाता था। उनके हुनर की बात दूर-दूर तक फैल चुकी थी। उन्हें गुजरात से अवध तक बुलाया जाने लगा था। पुराने क़दमों के निशान, लापता लोगों का पता लगाना और फ़रार लोगों के सुराग़ ढूँढने में वे माहिर थे। आपस में वे स्वाहिली में जबकि दूसरे लोगों से हिन्दी में बात करते थे। "रामपुर के नवाब ने अपने वफ़ादार मिर्ज़ा तुराब अली और उनके साथियों का पता लगाने के लिए सीदियों को भेजा। सीदी पूरे रास्ते झंडे लगाते गिल्याँ गाड़ते, हर चीज़ की बारीक पड़ताल करते चलते रहे। फ़ारूक़ी लिखते हैं, वे एक बड़े चौकोर मैदान में पहुँचे जहाँ उन्होंने लकड़ी से लकीरे खींचकर बड़े-बड़े चौकौर ख़ाने बनाए। इसके बाद उन्होंने एक-एक करके उन ख़ानों को सूँघना और उनकी मिट्टी को कुरेदना शुरू किया। वे किसी खोजी कुत्ते से भी ज़्यादा एकाग्रता से अपना काम कर रहे थे। उन्होने एक जगह पहुँचकर आवाज़ लगाई, "जमादार जी, वो मारा, यहाँ खुदाई करवाओ। जब वहाँ खोदा गया तो मिर्ज़ा तुराब अली सहित नवाब के सभी करिन्दों की लाशें मिल गईं। सीदी आज भी गुजरात के कुछ इलाक़ों में बसे हुए हैं लेकिन ठगों का सफ़ाया हो चुका है। ठग आमिर अली के बारे में बताने लायक एक फ़िल्मी सी लगने वाली बात ये है कि उसे उस ठग ने बहुत प्यार से अपने बेटे की तरह पाला था, जिसने उसके बाप को एक वारदात के दौरान मार डाला था आमिर को गोद लेने वाले ठग बाप से ठगी की दीक्षा मिली थी, इसी कारण ठगी को वो एक नेक काम समझता था। इसी बीच जब आमिर अली को जब यातना दी जाने लगी बहराम का पता बताने के लिए तो उसने पूरी जानकारी दे दी। आमिर अली की निशानदेही पर सन् 1838 में बहराम को गिरफ़्तार कर लिया गया था। बहराम ठग से जब पूछताछ की गई, तो उसने बताया कि उसके गिरोह ने क़रीब 931 लोगों को उस पीले रुमाल से मारा था। इनमें से 150 को बहराम ने स्वयं

अपने हाथ से मारा था। बहराम के पकड़े जाने के बाद उनके अन्य साथियों को गिरफ़्तार कर लिया गया। सन् 1839 में बहराम ठग के साथ उन सभी कुख्यात ठगों को जबलपुर स्थिति एक पेड़ पर फाँसी दी गई थी, और जो नए सदस्य बहराम की गैंग में शामिल हुए थे उन पर स्लीमैन ने रियायत करते हुए जबलपुर के एक सुधार गृह में भेज दिया।

सन् 1790-1840 के बीच ठग बहराम ने 931 सीरियल किलिंग की, जो विश्व रिकॉर्ड है, और इसलिए ठग बहराम का नाम गिनीज़ बुक ऑफ़ वर्ल्ड रिकॉर्ड में लिखा गया था। ठगी की दुनिया में बहराम इतना बड़ा नाम है कि उसके ऊपर आधारित पुस्तक वर्ष 2005 में माइक डैश ने "Thug The story of Indian's Murderouscult" को प्रकाशित किया जिसमें ठग बहराम का जीवनी लिखा है और वर्ष 2018 की फ़िल्म "ठग्स ऑफ़ हिन्दोस्तान ठग बहराम के जीवन पर आधारित फ़िल्म बनाई गई। जिसमें कथित तौर पर श्री आमिर ख़ान ने ठग बहराम की भूमिका निभाई है।

अध्याय-3
चार्ल्स शोभराज

भारतीय ठगी जगत के पहले हिस्से 18वीं एवं 19वीं शताब्दी के ठगहारों की व्याप्त कहानी का तीसरा सबसे बड़ा नाम उस व्यक्ति का आता हैं। जो भारत का नागरिक तो नहीं हैं। लेकिन उसका भारत से नाता बड़ा गहरा है इसका कारण बड़ा स्पष्ट है कि उसके पिता भारतीय और माता वियतनामी थी। इसलिए यद्यपि वो फ्रांस का नागरिक है पर उसका मूल भारतीय है। इस पुस्तक में उसका ज़िक्र करने की दूसरी बड़ी वजह ये भी है कि उसने अपने ठगी के गन्दे खेल भारत में भी कई बार खेले हैं, और जेल भी गया। इतनी बातों को जानने के बाद एक धुँधला सा चित्र आपके मास्तिष्क में बनने लगा होगा उस व्यक्ति का, और जिनके मस्तिष्क में उस ठग का चित्र अभी भी नहीं बन पाया। उनको मैं बता दूँ वो ठग और कोई नहीं 'चार्ल्स शोभराज' है। जिसके सम्मोहन व ठगी के क़िस्से सम्पूर्ण विश्व में प्रचलित हैं।

आइए जानते है चार्ल्स शोभराज कौन है और क्या है उसकी कहानी-

6 अप्रैल 1944 को होची मिन्ह, वियतनाम में ठग चार्ल्स शोभराज का जन्म हुआ। जो अपराध की दुनिया में आज भी 'द सर्पेट' और बिकनी किलर जैसे नामों से बदनाम है, चार्ल्स शोभराज यानी 'द सर्पेट' दरअसल वो एक कांन मैन था, एक ठग जो ठग विद्या की हर कला में पारंगत था। वो अपने शिकार पर साँप की तरह कुंडली मारता था, लच्छेदार बातों के जाल में मकड़ी की तरह फँसा लेता था। कई भाषाओं का जानकार था, इससे उसे शिकार को फँसाने में मदद मिलती थी। महिलाएँ, ख़ासकार विदेशी महिलाएँ उसे पसन्द थीं, वे आसानी से फँस जाती थीं, उसका आसान शिकार, कहते हैं जब भी जिस किसी महिला को फँसाने की ठान लेता था, तो उसे अपना दीवाना बना लेता था। इस मामले में उसे कभी भी नाकामी हाथ नहीं लगी। लोग उसकी सम्मोहक शख़्सियत का शिकार बन जाते थे। वो उन्हें आराम से ज़हर देकर उनका क़ीमती सामन लेकर फ़रार हो जाता था।

यदि आप 1970 के आस-पास के वर्षों में दक्षिण पूर्व एशिया में बैक पैकर थे, तो एक मौक़ा था कि आप चार्ल्स शोभराज से मिल सकते थे। और अगर ऐसा हुआ होता, तो आपकी यात्रा अप्रत्याशित रूप से और दुखद रूप से कम हो सकती थी। चार्ल्स शोभराज ने अपने साथी मैरी आंद्रे लेक्लर, अजय चौधरी व कई अन्य सहयोगियों के साथ, जिनमें पर्यटक बारबरा शेरिल स्मिथ और मैरी एलेन ईथर शामिल हैं, उन्होंने अनगिनत व्यक्तियों को नशा कराया और चोरी की। कुछ मामलों में, वो और भी आगे बढ़ गया अपने पहले से न सोचा पीड़ितों की हत्या कर दी, जब वे सबसे कमज़ोर स्थिति में थे। उसके अपराधों का पैमाना और आवृत्ति इतनी थी कि उसने ख़ुद को तीन भीषण उपनाम अर्जित किए जो इस प्रकार हैं-

बिकनी किलर,

स्प्लिटिंग किलर,

द सर्पेंट।

कई हत्याओं के दोषी की भूमिका निभाने वाले ताहर रहीम ने चार्ल्स शोभराज कि तुलना 'कोबरा नाग' से कि है। वो कहता है कोबरा में आकर्षण बहुत है, वास्तव में हिलता नहीं है, लेकिन ये डरावना है। जब कोई कोबरा काटता है, तो बहुत तीव्र गति से चलता है। ठीक इसी भाँति शोभराज भी है। वो शिकार करने के पहले शान्त रहता है लेकिन उसकी वास्तविकता बड़ी डरावनी है और जब वो शिकार कर लेता है तो बड़ी चालाकी से तीव्र गति के साथ वहाँ से भाग जाता है।

शोभराज को चोरी से लेकर सशस्त्र डैकती तक विभिन्न अपराधों के लिए कई बार गिरफ़्तार किया गया और क़ैद किया गया, लेकिन वो हमेशा रिहा हो गया या भागने में सफल रहा, जैसे कि जब उसने बीमार होने का नाटक किया, अस्पताल के गार्ड को नशा दिया और भाग गया। लेकिन जुलाई 1976 में, उसके अपराधों ने आख़िरकार उसे पकड़वाना शुरू कर दिया।

शोभराज, लेक्लर, स्मिथ और ईथर सभी को नई दिल्ली, भारत में एक होटल लॉबी में 30 से अधिक इन्जीनियरिंग छात्रों को ज़हर देने के प्रयास करने

के आरोप में गिरफ़्तार किया गया था। पुलिस पूछताछ में ये भी सामने आया कि फ्रांसीसी पर्यटक ज्याँ ल्यूक सोलोमन की मौत शोभराज के हाथों ज़हर खाने से हुई थी। उन्हें सोलोमन की ग़ैर इरादातन हत्या, छात्रों को ज़हर देने, पासपोर्ट जालसाज़ी और चोरी करने के लिए तिहाड़ जेल में 12 साल की सज़ा सुनाई गई थी। रिपोर्टों के के अनुसार उन्होंने टी.वी, अच्छा खाना, टाइप-राइटर और यहाँ तक कि ड्रग्स सहित कई भत्तों का आनन्द लेके के लिए ब्लैक-मेल और रिश्वत का इस्तेमाल किया। लेक्लर को भी क़ैद किया गया था, जैसा कि स्मिथ और ईथर थे। वो थाईलैंड में कई हत्याओं के लिए वांछित था लेकिन ये देखते हुए कि भारत में उसकी स्थिति कितनी आरामदायक थी, और ये तथ्य कि वो थाई धरती पर वापस क़दम रखता है, तो उसे सबसे अधिक मार दिया जाएगा, उसने ये सुनिश्चित करने के लिए मामलों को अपने हाथों में ले लिया। ठीक वहीं रहो जहाँ वो था।

शोभराज ने जेल के प्रहरियों को नशीला पदार्थ पिलाया और भाग गया पुनः क़ब्ज़ा करने से पहले, जो उसकी योजना का हिस्सा था। उन्होने तिहाड़ जेल में एक और दशक की सेवा की, इस दौरान थाईलैड में गिरफ़्तारी वारंट समाप्त हो चुका था। वो 1997 में फ्रांस लौट गया, जहाँ उसने कई साक्षात्कारों में भाग लिया और कथित तौर पर अपने जीवन पा आधारित फ़िल्म का अधिकार बेचकर ध्यान आकर्षित किया। लेक्लर को 1983 में जेल से रिहा किया गया था और उन्हें कनाडा के अपने मूल क्यूबेक लौटने की अनुमति दी गई थी, जहाँ उन्होंने डिम्बग्रंथि के कैंसर का इलाज करवाया था। अगले वर्ष 38 वर्ष की आ़यु में उसका निधन हो गया। लेक्लर ने कथित तौर पर हत्याओं के बारे में किसी भी जानकारी से इनकार किया।

"ये चित्रित करने के लिए एक आसान बात नहीं थी क्योंकि आप किसी ऐसे व्यक्ति को कैसे चित्रित कर सकते हैं। जिसमें कोई सहानुभूति नहीं है?"

द सर्पेंट में अपनी भूमिका निभाने वाली जेना कोलमैन ने रेडियो टाइम्स के माध्यम से कहा, "मुझे नहीं पता कि ये क्या है (उस तरह से होना) और मुझे लगता है कि हम जैसे लोगों के लिए ये जानना असम्भव है" जेना कोलमैन ने आगे कहा, "उसके जीने का तरीक़ा पूरी तरह से भ्रमपूर्ण था। ये सब कुछ

ख़त्म करने और सच्चाई को अन्दर नहीं आने देने के बारे में था। वो एक क़ानूनी स्वभाव की थी और अविश्वसनीय रूप से भावुक थी मुझे लगता है कई बार अवसाद ग्रस्त और निश्चित रूप से अस्थिर थी। वो इस परस्पर विरोधी स्थिति में रहती थी। जो चल रही हत्याओं को स्वीकार नहीं करती थी। उसके अवचेतन में ये सब सच्चाई को दूर करने के बारे में था।

चौधरी को कभी गिरफ़्तार नहीं किया गया था और 1976 के अन्त में जर्मनी में सिर्फ़ एक बार देखे जाने के बाद उसका ठिकाना अज्ञात रहा। द गार्जियन के अनुसार कुछ लोगों के अनुमान लगाया कि शोभराज द्वारा उन्हें मार दिया गया था लेकिन उन्होंने उस दावे का खंडन किया है। एक ऐसे कदमो के बारे में जो अहंकारपूर्ण था। शोभराज ने वर्ष 2003 में नेपाल के काठमांडू की यात्रा की जहाँ उन्हें 1975 में उत्तरी अमेरिका बैक पैकर कोनी ब्रोंज़िच की हत्या के लिए एक कैसीनो से गिरफ़्तार किया गया। वर्ष 2004 में, डच राजनियक अन्वेषण बने हरमन निप्पेनबर्ग द्वारा उपलब्ध कराए गए सबूतों के कारण, शोभराज को लम्बे समय के लिए जेल की सज़ा सुनाई गई थी।

हरमन निप्पेनबर्ग ने द इन्डिपेंडेंट के माध्यम से कहा हत्याएँ करना धोखा देना उसके लिए बड़ा आसान था। वो लम्बे समय के लिए उन देशों से दूर चला जाता था जहाँ वो ठगी व हत्या करता था इसी कारण उसे ऐसा लगता था कि वो अजेय है।

एक दफ़ा बी.बी.सी से वार्ता करते हुए, लेखक रिचर्ड वारलो कहते हैं, शोभराज कई वर्षों से अपनी कहानी के पहिए पर थे, अपने धागों को मन्त्रमुग्ध करने के लिए और भोले-भाले लोगों के लिए कताई करते थे, ऐसा लगता है, उनकी मन्त्रमुग्ध करने की क्षमता कभी कम नहीं होगी बी.बी.सी की टीम कहती है हम इसके बजाय वहाँ मौजूद अन्य लोगों की गवाही को प्रोत्साहित करना और रिकॉर्ड करना चाहते थे। हम चाहते हैं कि हमारे दर्शक शोभराज को उसी तरह खोजें जैसे दूसरों ने उसे पाया।

शोभराज की पत्नी चैंटल कॉम्पैगन (जिससे शोभराज को एक बेटी थी) जो एक फ्रांसीसी महिला थी श्रृंखला में जूलियट का नाम बदलकर, फ्रांसीसी सरकार के ख़िलाफ़ मानवाधिकार के मामले में घसिटते हुए (यूरोपीय न्यायालय में) एक

मामला लाई, जिसमें तर्क दिया कि उन्हें अवैध रूप से कोई क़ानूनी सहायता नहीं दी गई थी। लेकिन उनकी सज़ा दी गई थी। 2005 में नेपाली अपील अदालत ने पुष्टि की। 2010 में नेपाल सुप्रीम कोर्ट ने शोभराज द्वारा की गई एक और अपील को ख़ारिज कर दिया और 2014 में, उन्हें कनाडा के एक बैक-पैकर लॉरेंट ऑरमंड के कैरियर की हत्या के लिए दूसरी उम्र-क़ैद की सज़ा सुना दी। द टेलीग्राम ने बताया कि कॉम्पैगन के साथ अपने रिश्ते से पहले, शोभराज एक अन्य महिला के साथ शामिल थे उसे चैंटल भी कहा जाता था, जिसके साथ उनके दो बच्चे थे। कॉम्पैगन से अपनी शादी की पूर्व संध्या पर चैंटल डेसनोयर्स के साथ कथित तौर पर अपने दूसरे बच्चे को जन्म दे रहे थे। वर्ष 2008 में 64 वर्षीय शोभराज ने 20 वर्षीय निहिता विश्वास से शादी की, जो शोभराज के फ्रांसीसी वकील के लिए दुभाषिया के रूप में कार्य करने जेल में उनसे मिलने गई थी। उन्होने भारतीय रियलटी शो बिग-बॉस की पाँचवी श्रृंखला के प्रतिस्पर्धा में भाग लिया था।

निहिता विश्वास ने टाइम्स ऑफ इण्डिया के माध्यम से कहा मुझे नहीं पता वो क्या था लेकिन अब वो जो है वो महत्वपूर्ण है। वो एक अच्छा इन्सान है, मैंने देखा है कि वो अपने परिवार की देखभाल कैसे करता है। हमारे बीच एक अच्छा रिश्ता है। उसने ये भी कहा, "वो निर्दोष है। उसके ख़िलाफ़ कोई सबूत नहीं है"

शोभराज ने कितने लोगों की हत्या की ये अभी पता नहीं चल पाया है। कुछ लोग इस संख्या को 12 जोड़ते हैं तो दूसरी तरफ़ कुछ लोग इस संख्या को 24 तक जोड़ते हैं। निप्पेनबर्ग ने द इन्डिपेंडेंट के माध्यम से कहा, "व्यक्तिगत रूप से मुझे लगता है कि उसने कई और को मारे होंगे" क्योंकि उनके बैंकाक अपार्टमेंट के अन्दर, हमें पासपोर्ट और ड्राईवर के परमिट का ढेर मिला। वे आसानी से दूसरों के हो सकते थे।

रहीम ने द गार्जियन से कहा, "आमतौर पर मैं अन्दर से एक चरित्र का निर्माण शुरू करता हूँ। मैं अपने और उसके बीच मनोवैज्ञानिक रूप से पुलों को खोजने की कोशिश करता हूँ, लेकिन यहाँ कुछ भी नहीं था" साक्षात्कार पत्रिका के साथ अपनी बातचीत के दौरान उन्होंने उस भावना प्रतिध्वनित किया, मेरे लिए उनकी आत्मा को पकड़ना बहुत कठिन था। मैंने कोशिश की लेकिन

उन्हें पकड़ नहीं पाया क्योंकि उनके पास कोई सहानुभूति नहीं है। आप हमेशा खोजने की कोशिश कर रहे हैं आपके चरित्र के साथ एक सम्बन्ध, कुछ ऐसा जो आपके अन्दर है, इसे और अधिक वास्तविक बनाने के लिए और मुझे कुछ भी नहीं मिला।

हिन्दुस्तानी बाप से थी बे-इन्तिहा नफ़रत-

बिकनी किलर रेशमी साज़िश के धागों से शिकार को मौत के गाँठ उतार देने वाला शायद सबसे दुर्दांत सीरियल किलर, कहा जाता है। उसने 70 व 80 के दशक में 12 से लेकर 24 हत्याएँ की लेकिन सच में उसने कितने लोगों को मारा ये राज़ आज भी शोभराज के दिल में दफ़्न है। हिन्दुस्तानी पिता व वियतनामी माँ का बेटा, जिसे उसके पिता ने बचपन में ही छोड़ दिया। इसका बदला उसने ज़माने से लिया। कहते हैं वो अपने पिता से इतनी नफ़रत करता था कि

उन्हें बदनाम करने के लिए ही उसने जुर्म का रास्ता इख़्तियार कर लिया। मासूम लोगों को ख़ासकर महिलाओं को निशाना बनाने वाले दुनिया का सबसे चर्चित सीरियल किलर बन गया।

चार्ल्स, जिसके इसारे पर बन्द हो जाते थे जेल के दरवाज़े चार्ल्स शोभराज, मीठे ज़हर वाली अपनी शख़्सियत की चाशनी में शिकार को इस क़दर डुबो देता था कि उसका दम घुट जाता था, लेकिन गुनाह की दुनिया में वो एक और बात के लिए बदनाम था। दुनिया की जेलों के दरवाज़े उसके सामने अपने आप खुल जाते थे। मज़बूत से मज़बूत जेल के दरवाज़े भी वो ऐसे खोल देता था जैसे शोभराज के इशारे पर ही खुलते और बन्द होते हों।

फ़रार ऐसे होता जैसे पुलिस ने दी हो राह। 1971 में रोड्स पुलिस स्टेशन की ऊपरी मन्ज़िल से कूद कर भाग निकला उसी साल तब के बम्बई में उसने अपेंडिसाइटिस के दर्द का बहाना बनाया था है और जेल से भाग निकला था। 1972 में जब वो काबुल की जेल में बन्द था तब उसने गार्डस को कोई चीज़ खिला कर बेहोश कर दिया और भाग निकला 1975 में ग्रीस की बेहद सुरक्षित मानी जाने वाली एजिना टापू की जेल से वो भाग निकला।

जब अपनी शादी के लिए शख़्स ने लूटा बैंक गिरफ़्तारी के बाद टूटा दूल्हा

बनने का सपना शातिर शोभराज ने पुलिस वैन में आग लगा दी और उसके बाद जो हड़बड़ी और डर का माहौल बना, उसका फ़ायदा उठाकर वो भाग निकला। एक बार वो थाइलैंड में पकड़ा गया जहाँ सज़ा होती तो उसे शर्तिया सज़ा-ए-मौत दे दी जाती लेकिन वो पुलिस को भरोसा दिलाने में कामयाब हो गया उनसे ग़लती हुई है, वो दरअसल शोभराज नहीं बल्कि अमेरिकी प्रोफ़ेसर हैं। हालाँकि इन सभी मामलो में सबसे ज़्यादा चर्चित दिल्ली के सबसे सुरक्षित तिहाड़ जेल से उसकी फ़रारी थी। ये बिल्कुल आसान नहीं थी, इसके लिए उसे राजू भटनागर जैसे गैंगस्टर का साथ भी चाहिए था और फ़रारी का तरीक़ा भी ऐसा इस्तेमाल करना था कि पहले किसी ने सोचा भी न हो।

तिहाड़ में जुगलबंदी –

16 मार्च 1986 को चार्ल्स शोभराज दिल्ली की अति सुरक्षित समझी जाने वाली तिहाड़ जेल से भाग निकला वो अकेला नहीं था। तिहाड़ से उसके साथ 3 और लोग भागे थे। जिनमें डॉन राजू भटनागर के साथ बृजमोहन और लक्ष्मीनारायण भी थे। शातिर शोभराज ने अपनी फ़रारी की योजना को इतनी चालाकी से अन्जाम तक पहुँचाया था कि तिहाड़ के गेंट न0-3 तमिलनाडु स्पेशल पुलिस के दो संतरी पेट के बल पसरे दिखाई पड़ रहे थे। आग उगलने वाली उनकी 303 राइफ़ल उनके बग़ल में किसी बेचारी की तरह ख़ामोश पड़ी थी। जेल के अन्दर 6 जेल अधिकारी बेहोशी की हालात में पड़े थे। वहाँ से ½ किलोमीटर दूर वार्डर आनन्द स्वरूप गिरे पड़े थे, उनके मुँह पर स्कॉट-टेप लगा था। जेल के दरवाज़े खुले पड़े थे। और पंछी फ़रार हो गए थे। सभी राजस्थान के रेगिस्तान की तरफ़ बढ़ रहे थे। दिल्ली में जुर्म की दुनिया के अपने कनेक्शन का इस्तेमाल करते हुए राजू भटनागर ने चार्ल्स शोभराज को भागने के लिए ज़रूरी तमाम सहूलियतें मुहैया कराई थी।

चार्ल्स शोभराज तिहाड़ से कैसे हो गया था फ़रार?

चार्ल्स शोभराज ने तिहाड़ से फ़रारी का प्लान बहुत ही चालाकी से बनाया। दरअसल, अपनी चुम्बकीय शख़्सियत की बदौलत चार्ल्स जहाँ भी रहता था, वहाँ बुहत जल्दी अपना दबदबा बना लेता था। तिहाड़ में भी वो सज़ा काटने आया था लेकिन रहता यहाँ के डॉन की तरह था। जेल के अफ़सर भी उसे सम्मान से

"चार्ल्स साहब" कहते थे। अपने इसी रुआब का फ़ायदा उठाकर चार्ल्स ने तिहाड़ में बन्द ब्रिटिश ड्रग पेडेलर डेविड हॉल को अपना शागिर्द बना लिया। चार्ल्स ने डेविड हॉल को तिहाड़ से निकालने का वादा किया उसने डेविड हॉल को अपनी वो ट्रिक सिखा दी जिसका इस्तेमाल कर गुज़िश्ता वक़्त में दो मौक़े पर ख़ून की उल्टियाँ कर चार्ल्स जेल से निकल चुका था। हॉल ने भी ऐसा ही किया तिहाड़ के डॉक्टर ने हॉल को किडनी फ़ेलियर की बीमारी बता दी, उसे 12 हज़ार के मुचलके पर बेल दे दी गई। तिहाड़ से निकलने के बाद दूसरे विदेशी ड्रग पेडलर्स की तरह हॉल भागा नहीं, बल्कि दिल्ली में रुक गया। राजू भटनागर की मदद से हॉल ने जेल के बाहर कार, ट्रेन के टिकट आदि का इन्तज़ाम किया। इनमें सबसे ज़रूरी थी नींद की गोलियाँ। रविवार, 16 मार्च 1986 की सुबह डेविड हॉल नींद की 820 गोलियों में डूबे अंगूर, बर्फ़ी और पेठा लेकर कार से तिहाड़ जेल पहुँचा। बहाना चार्ल्स शोभराज का जन्मदिन मनाने का था कमाल की बात ये थी कि चार्ल्स शोभराज का जन्मदिन 16 मार्च को नहीं बल्कि 6 अप्रैल को पड़ता था। जेल के रिकॉर्ड में सब दर्ज था लेकिन बडे अफ़सर भी चार्ल्स व डेविड हॉल की बातों में आ गए। बाक़ी का काम नशीले अंगूर, बर्फ़ी और पेठा ने किया। चार्ल्स, डेविड हॉल और राजू भटनागर गैंग के बृजमोहन और लक्ष्मी नारायण समेत तीन लोगों ने मिनटों में तिहाड़ की सुरक्षा को चकमा दे दिया।

चार्ल्स ने शागिर्द डेविड को भी धोखा दिया-

देश में ही नहीं पूरी दुनिया में चार्ल्स शोभराज की फ़रारी के चर्चे होने लगे। तिहाड़ की सुरक्षा, दिल्ली पुलिस सबकी भद्द पिट गई। सबसे ताज्जुब की बात ये थी कि चार्ल्स शोभराज जेल से भागा ही इसलिए था कि वापस जेल आ सके। फ़रारी के महज़ दो हफ़्ते बाद ही चार्ल्स और डेविड हॉल गोवा के एक शानदार रेस्ट्रॉन्ट से गिरफ़्तार कर लिए गए। डेविड हॉल तब नहीं जानता था कि चार्ल्स ख़ुद चाहता था कि वो गिरफ़्तार हो जाए। दरअसल, तिहाड में चार्ल्स शोभराज की सज़ा पूरी होने वाली थी सज़ा ख़त्म होने का बाद यक़ीनन उसे थाइलैंड प्रत्यार्पित कर दिया जाता जहाँ क़त्ल के एक मामले में दोषी साबित हो चुका था। वहाँ उसे फाँसी की सज़ा मिलनी तय थी। इसलिए शोभराज ने जानबूझ कर तिहाड़ से फ़रारी की योजना बनाई, ताकि एक नया आरोप

लगे, एक नया मुक़द्दमा चले और भारत की सुस्त न्याय प्रणाली की मेहरबानी से उसकी ज़िन्दगी महफ़ूज़ रहे। गोवा से गिरफ़्तार होने के बाद शोभराज और डेविड हॉल को अगल-बगल के सेल में ही रखा गया लेकिन हाल ने वर्षों तक उससे बात नहीं की क्योंकि उसे पता चल चुका था कि चार्ल्स ने उसका इस्तेमाल कर फेंक दिया था।

अपराधी जो बने मददगार-

चार्ल्स की फ़रारी में डेविड हॉल के साथ डॉन राजू भटनागर भी बराबर का मददगार बना था। चार्ल्स शोभराज के फ़रारी के चर्चे पूरी दुनिया में हुए। लेकिन हैरतअंगेज़ बात है कि उसकी फ़रारी से पहले राजू भटनागर भी तिहाड़ से फ़रार हो गया था लेकिन उसकी चर्चा तक नहीं हुई। डॉन राजू भटनागर की फ़रारी के चर्चे इसलिए नहीं होते क्योंकि उसकी फ़रारी तिहाड़ प्रशासन ही नहीं, पुलिस और क़ानूनी प्रक्रिया सबके लिए शर्मनाक थी। लिहाज़ा इस मामले में सभी चुपचाप अपमान का घूंट पी गए। शोभराज को बहुत से लोगों को बेहोश करना पड़ा लेकिन राजू भटनागर को सिर्फ़ अपने पैरों को तकलीफ़ देनी पड़ी थी। वो अपने पैरों पर चलकर बड़े आराम से तिहाड़ से निकल गया।

द सर्पेंट (2021)-

आई.ए.एन.एस की रिपोर्ट के अनुसार नई ओ.टी.टी सीरीज़ "द सर्पेंट" के साथ शोभराज का जीवन एक बार सुर्खियों में है। इसमें फ्रांसीसी मूल के अल्ज़ीरियाई अभिनेता ताहर रहीम मुख्य भूमिका में है जो कि शोभराज का किरदार निभा रहे हैं। आठ एपिसोड वाली ये सीरिज़ शोभराज के जीवन पर आधारित नवीनतम शो है। इसमें शोभराज को एक निर्दयी हत्यारे के रूप में दिखाया गया है। इसके दूसरे एपिसोड में परिस्थितियों के शिकार के रूप में उसे बहुत कम गुन्जाइश थी। दूसरे एपिसोड में उसे इस बात पर ज़ोर देते हुए दिखाया गया है कि जब वो 15 साल का था तो उसे लगा कि वास्तव में उसे कोई नहीं चाहता। वो हर चीज़ से वंचित रहा। हालाँकि द सर्पेंट के अधिकांश भाग में शोभराज को एक संग-दिल, दानव प्रवृत्ति वाले इन्सान के रूप में दर्शाया गया है, लेकिन इस सीरिज़ में कई दृश्यों के माध्यम से उसके मानवीय पहलू को भी दर्शाने की कोशिश की गई है।

शोभराज कथित तौर पर अभी 79 वर्ष के हैं, अभी भी जेल में हैं। 2017 में अरब न्यूज़ ने बताया कि उन्हें दिल का दौरा पड़ा था और उनकी ओपन हार्ट सर्जरी होने वाली थी।

अध्याय-4
हर्षद मेहता

भारतीय ठगी जगत के पहले हिस्से 18वीं एवं 19वीं शताब्दी के ठगहारों की व्याप्त कहानी का चौथा नाम ऐसे व्यक्ति का आता है जिसको ठग तो नहीं कहा जा सकता लेकिन घोटालेबाज़ ज़रूर कहा जा सकता है क्योंकि उस व्यक्ति के घोटाले से सम्पूर्ण भारत की अर्थव्यवस्था पर गहरा असर पड़ा था, जी हाँ मैं बात कर रहा हूँ हर्षद शान्तिलाल मेहता की जो शेयर बाज़ार के ब्रॉकर (दलाल) से यात्रा शुरू कर बना एक ऐसा अपराधी जो सम्पूर्ण राष्ट्र का दोषी बन गया।

हर्षद मेहता के ऊपर आधारित वेब सीरीज़ "स्कैम1992" द हर्षद मेहता स्टोरी आ चुकी है जिसमें प्रतीक गाँधी ने हर्षद मेहता का किरदार निभाया है और इसके बाद स्टॉक मार्केट के अमिताभ बच्चन कहे जाने वाले हर्षद मेहता के ऊपर आधारित नई फ़िल्म "द बिग बुल" वर्ष 2021 में आई है जिसमें हर्षद मेहता क किरदार सदी के महानायक श्री अमिताभ बच्चन के सुपुत्र श्री अभिषेक बच्चन ने निभाया है।

आइए जानते हैं कौन है हर्षद मेहता और क्या है उसके घोटाले की कहानी-

प्रारम्भिक जीवन-

29 जुलाई 1954 को पनेल मोटी, राजकोट गुजरात में हर्षद मेहता का जन्म एक छोटे से बिज़नेस मैन परिवार में हुआ। हर्षद मेहता का बचपन मुम्बई के कांदिवली में गुज़रा। उसके बाद उनका परिवार रायपुर के मौदहापारा गुरूनानक चौक मे आ के बस गया। रायपुर के होली क्रॉस बेरोन बाज़ार सेकेंडरी स्कूल से उन्होंने स्कूली पढ़ाई की। बारहवीं पास करने के बाद हर्षद मेहता ने मुम्बई के लाजपत रॉय कॉलेज से बी.कॉम की पढ़ाई की फिर अगले आठ साल तक छोटी-छोटी नौकरियाँ कीं। बी-कॉम पास करने के बाद हर्षद ने पहली नौकरी न्यू इण्डिया एश्योरेंस कम्पनी लिमिटेड में बतौर सेल्स पर्सन की और उसी वक़्त उनका इन्टरेस्ट शेयर मार्केट की तरफ़ जागा औऱ उसने नौकरी छोड़

हरिजीवनदास नेमीदास सिक्योरिटीज़ नाम की ब्रोक्रेज़ फ़र्म में बतौर जॉबर नौकरी ज्वाइन कर ली और प्रसन्न परिजीवनदास को अपना गुरु मान लिया। प्रसन्न परिजीवनदास के साथ काम करते हुए हर्षद मेहता ने स्टॉक मार्केट के हर पैंतरे सीखे औऱ 1984 में ख़ुद की ग्रो मोर रीसर्स एन्ड असेट मैनेजमेंट नाम की कम्पनी की शुरुआत की और बॉम्बे स्टॉक एक्सचेंज में बतौर ब्रोकर मेम्बरशिप ली और यहाँ से शुरू हुआ स्टॉक मार्केट के उस बेताज बादशाह का सफ़र।

काम और जीवन-

नौकरियाँ, अक्सर बिक्री से सम्बन्धित होती हैं, जिसमें होजरी, सीमेंट और हीरे की छँटाई करना शामिल है। मेहता ने न्यू इण्डिया एश्योरेंस कम्पनी लिमिटेड (एन.आई.ए.सी.एल) के मुम्बई कार्यालय में एक बिक्री व्यक्ति के रूप में अपना करियर शुरू किया। इसी दौरान उनकी शेयर बाज़ार में दिलचस्पी हुई और कुछ दिनों के बाद उन्होंने इस्तीफ़ा दे दिया और एक ब्रोकरेज़ फ़र्म में शामिल हो गए। 1980 के दशक की शुरुआत में, वो ब्रोकरेज फ़र्म हरजीवनदास नेमिदास सिक्योरिटीज़ में एक निचले स्तर के लिपिक की नौकरी में चले गए, जहाँ उन्होंने दलाल प्रसन्न प्राणजीवनदास ब्रोकर के लिए एक जॉबर के रूप में काम किया, जिसे वे अपना “गुरु” मानते थे।

1980 से शुरू होकर दस वर्षों की अवधि में, उन्होंने ब्रोकरेज़ फ़र्मों की एक श्रृंखला में बढ़ती ज़िम्मेदारी के पदों पर कार्य किया। 1990 तक, मीडिया (बिज़नेस टुडे जैसी लोकप्रिय पत्रिकाओं सहित) ने उन्हें “शेयर बाज़ार के भगवान” के रूप में बताते हुए, भारतीय प्रतिभूति उद्योग में प्रमुखता की स्थिति में वृद्धि की थी।

ग्रो मोर रिसर्च एन्ड एसेट मैनेजमेंट, सहयोगियों की वित्तीय सहायता से, जब बी.एस.ई ने ब्रोकर के कार्ड की नीलामी की। उन्होंने 1986 में सक्रिय रूप से व्यापार करना शुरू किया। 1990 की शुरुआत में, कई प्रतिष्ठित लोगों ने उनकी फ़र्म में निवेश करना शुरू किया, और उनकी सेवाओं का उपयोग किया। ये वो समय था जब उन्होंने एसोसिएटेड सीमेंट कम्पनी (ए.सी.सी) के शेयरों में भारी कारोबार करना शुरू किया। सीमेंट कम्पनी में शेयरों की क़ीमत अन्ततः ₹200 से बढ़कर लगभग ₹9,000 हो गई, क्योंकि मेहता सहित दलालों के एक समूह

से भारी ख़रीदारी हुई। मेहता ने ए.सी.सी शेयरों में इस अत्यधिक व्यापार को ये कहते हुए उचित ठहराया कि स्टॉक का मूल्यांकन कम किया गया था, और ये कि जब कम्पनी ने एक समान उद्यम के निर्माण की लागत के बराबर मूल्य पर कम्पनी का पुनर्मूल्यांकन किया तो बाज़ार में सुधार हुआ था; तथाकथित "प्रतिस्थापन लागत सिद्धांत" जिसे उन्होंने आगे रखा था।

इस अवधि के दौरान, विशेष रूप से 1990-1991 में, मीडिया ने उन्हें "द बिग बुल" कहते हुए मेहता की एक बढ़ी हुई छवि को चित्रित किया। उन्हें लोकप्रिय आर्थिक पत्रिका बिज़नेस टुडे सहित कई प्रकाशनों के कवर-पेज लेख में "रेज़िंग बुल" शीर्षक वाले लेख में शामिल किया गया था। मिनी गोल्फ़ कोर्स और स्विमिंग पूल के साथ वर्ली के टॉनी क्षेत्र में 15,000 वर्ग फ़ुट के पेंट-हाउस के सामने समुद्र के सामने उनकी आकर्षक जीवन शैली, और टोयोटा कोरोला, लेक्सस एल.एस 400, और टोयोटा सेरा सहित कारों के उनके बेड़े को प्रकाशनों में दिखाया गया था। ये उस समय उनकी छवि का उदाहरण थे जब ये भारत के अमीर लोगों के लिए भी दुर्लभ थे।

अधिकारियों द्वारा बाद में लाए गए आपराधिक अभियोगों में, ये आरोप लगाया गया कि मेहता और उनके सहयोगियों ने तब एक बहुत व्यापक योजना बनाई, जिसके परिणामस्वरूप बॉम्बे स्टॉक एक्सचेंज में वृद्धि हुई। इस योजना को कथित रूप से संपार्श्विक बैंक प्राप्तियों द्वारा वित्तपोषित किया गया था, जो वास्तव में असंपार्श्विक थे। बैंक प्राप्तियों का उपयोग अल्पकालिक बैंक-से-बैंक ऋण देने में किया जाता था, जिसे "तैयार फॉरवर्ड" लेन-देन के रूप में जाना जाता था, जिसे मेहता की फ़र्म ने दलाली की थी। 1991 की दूसरी छमाही तक मेहता ने "बिग बुल" का उपनाम अर्जित किया था, क्योंकि कहा जाता था कि उन्होंने शेयर बाज़ार में तेज़ी की शुरुआत की थी। उनकी फ़र्म में काम करने वाले कुछ लोगों में केतन पारेख शामिल थे, जो बाद में अपने ही प्रतिकृति घोटाले में शामिल थे।

1992 सुरक्षा धोखाधड़ी की पृष्ठभूमि-

स्टाम्प पेपर धोखाधड़ी -

90 के दशक की शुरुआत तक भारत में बैंकों को इक्विटी बाज़ारों में निवेश करने की अनुमति नहीं थी। हालाँकि, उनसे अपेक्षा की गई थी कि वे मुनाफ़ा पोस्ट करेंगे और सरकार के निश्चित ब्याज़ बॉन्ड में अपनी सम्पत्ति का एक निश्चित अनुपात (दहलीज़) बनाए रखेंगे। मेहता ने चतुराई से बैंकों की इस आवश्यकता को पूरा करने के लिए बैंकिंग प्रणाली से पूँजी निचोड़ ली और इस पैसे को शेयर बाज़ार में पम्प कर दिया। उन्होंने बैंकों को अन्य बैंकों से प्रतिभूतियाँ ख़रीदने की आड़ में, अपने व्यक्तिगत खाते में धन हस्तांतरित करने के लिए कहते हुए, उच्च ब्याज़ दरों का भी वादा किया। उस समय, एक बैंक को अन्य बैंकों से प्रतिभूतियों और आगे के बॉन्ड ख़रीदने के लिए एक दलाल के माध्यम से जाना पड़ता था। मेहता ने शेयर ख़रीदने के लिए अपने खाते में अस्थाई रूप से इस पैसे का इस्तेमाल किया, इस प्रकार कुछ शेयरों की माँग में वृद्धि हुई (ए.सी.सी जैसी अच्छी स्थापित कम्पनियों की, स्टरलाइट इन्डस्ट्रीज़ और वीडियोकॉन) ने नाटकीय रूप से उन्हें बेच दिया, आय का एक हिस्सा बैंक को दे दिया और बाक़ी को अपने लिए रख लिया। इसके परिणामस्वरूप ए.सी. सी जैसे शेयर (जो 1991 में ₹200/शेयर पर कारोबार कर रहे थे) केवल 3 महीनों में लगभग ₹9,000 तक आसमान छू गए।

बैंक रसीद धोखाधड़ी-

बड़े पैमाने पर इस्तेमाल किया जाने वाला एक अन्य साधन बैंक रसीद था। रेडी फॉरवर्ड डील में, प्रतिभूतियों को वास्तविकता में आगे-पीछे नहीं किया जाता था। इसके बजाय, उधारकर्ता, यानी प्रतिभूतियों के विक्रेता ने प्रतिभूतियों के ख़रीदार को एक बी.आर दिया। बी.आर विक्रेता बैंक से रसीद के रूप में कार्य करता है, और ये भी वादा करता है कि ख़रीदार उन प्रतिभूतियों को प्राप्त करेगा जिनके लिए उन्होंने शर्तों के अन्त में भुगतान किया है।

ये पता लगाने के बाद, मेहता को ऐसे बैंकों की आवश्यकता थी, जो नकली बी.आर या किसी भी सरकारी प्रतिभूतियों द्वारा समर्थित बी.आर जारी कर सकें।

एक बार जब ये नक़ली बी.आर जारी किए गए, तो उन्हें दूसरे बैंकों में भेज दिया गया और बदले में बैंकों ने मेहता को पैसा दे दिया, ये मानते हुए कि

वे सरकारी प्रतिभूतियों के ख़िलाफ़ उधार दे रहे थे जबकि वास्तव में ऐसा नहीं था। उन्होंने ए.सी.सी की क़ीमत ₹200 से ₹9,000 (4,400% की वृद्धि) ली। चूँकि उन्हें अन्त में मुनाफ़ा वसूली करनी थी, जिस दिन उन्होंने बिक्री की, वो दिन था जब बाज़ार धराशाही हो गया।

1992 की प्रतिभूति धोखाधड़ी का प्रकोप-

23 अप्रैल 1992 को पत्रकार सुचेता दलाल ने द टाइम्स ऑफ़ इण्डिया के एक कॉलम में अवैध तरीक़ों का पर्दाफ़ाश किया। मेहता अपनी ख़रीद के वित्तपोषण के लिए अवैध रूप से बैंकिंग प्रणाली में डुबकी लगा रहा था।

एक विशिष्ट रेडी फॉरवर्ड सौदे में एक कमीशन के बदले एक ब्रोकर द्वारा एक साथ लाए गए दो बैंक शामिल होते हैं। ब्रोकर न तो नकदी और न ही प्रतिभूतियों को सम्भालता है, हालाँकि धोखाधड़ी के मामले में ऐसा नहीं था। इस निपटान प्रक्रिया में प्रतिभूतियों की सुपुर्दगी और दलाल के माध्यम से भुगतान किया जाता था। यानी, विक्रेता ने प्रतिभूतियों को दलाल को सौंप दिया, जिसने उन्हें ख़रीदार को दे दिया, जबकि ख़रीदार ने दलाल को चेक दिया, जिसने विक्रेता को भुगतान किया। इस निपटान प्रक्रिया में, ख़रीदार और विक्रेता को ये भी पता नहीं हो सकता है कि उन्होंने किसके साथ व्यापार किया था, या तो केवल दलाल ही जानते थे। ये दलाल मुख्य रूप से प्रबन्धित कर सकते थे क्योंकि अब तक वे बाज़ार निर्माता बन चुके थे और अपने खाते में व्यापार करना शुरू कर दिया था। वैधता की झलक बनाए रखने के लिए, उन्होंने बैंक की ओर से लेन-देन करने का नाटक किया।

मेहता ने असुरक्षित ऋण हासिल करने के लिए जाली बी.आर का इस्तेमाल किया और माँग पर बी.आर जारी करने के लिए कई छोटे बैंकों का इस्तेमाल किया। एक बार जब ये नक़ली बी.आर जारी किए गए, तो उन्हें दूसरे बैंकों में भेज दिया गया और बदले में बैंकों ने मेहता को पैसा दे दिया, ये मानते हुए कि वे सरकारी प्रतिभूतियों के ख़िलाफ़ उधार दे रहे थे। इस पैसे का इस्तेमाल शेयर बाज़ार में शेयरों की क़ीमतों को बढ़ाने के लिए किया गया था। जब पैसा लौटाने का समय आया, तो शेयरों को लाभ के लिए बेच दिया गया और बी.आर को सेवानिवृत्त कर दिया गया। बैंक का पैसा लौटा दिया गया।

ये तब तक चलता रहा जब तक शेयर की क़ीमतें चढ़ती रहीं और मेहता के संचालन के बारे में किसी को पता नहीं चला। एक बार धोखाधड़ी का पर्दाफ़ाश होने के बाद, हालाँकि, कई बैंकों के पास बेकार बी.आर रह गए थे- बैंकिंग प्रणाली को ₹40 बिलियन (2020 में ₹260 बिलियन या यू.एस $ 3.3 बिलियन के बराबर) से बाहर कर दिया गया था। वे जानते थे कि अगर लोगों को मेहता को चेक जारी करने में उनकी संलिप्तता का पता चला तो वे आरोपी होंगे। इसके बाद, ये पता चला कि सिटी बैंक, पल्लव सेठ और अजय कायन जैसे दलाल, आदित्य बिरला, हेमेन्द्र कोठारी जैसे उद्योगपति, कई राजनेता और आर.बी.आई गवर्नर एस.वेंकिटरमनन सभी ने मेहता के बाज़ार में हेर-फेर की अनुमति दी या सुविधा प्रदान की।

कैसे करता था घोटाला?

हालाँकि इन सब के बावजूद हर्षद मेहता का मन नहीं माना, वो अख़बारों में एडवाइज़री कॉलम्स लिखने लगा कि आप इस कम्पनी में इन्वेस्ट करे आपको फ़ायदा होगा या इस कम्पनी में न करें इससे नुक़सान होगा। बाद में पता चला कि मेहता सिर्फ़ उस कम्पनी में पैसा लगाने कि एडवाइस देता था जिसमें उसका ख़ुद का पैसा लगा हुआ है।

परिवार से हुई वसूली।

घोटाले के 25 साल बाद भी इसकी वसूली उनके परिवार से चल रही थी। कस्टोडियन ने मेहता की सम्पत्तियों को बेचकर 6,000 करोड़ रुपए से अधिक की राशि बैंकों व आयकर विभाग के नाम जारी कराई। 2017 में ही मेहता के पारिवारिक सदस्यों ने 614 करोड़ रुपए की रक़म बैंक को दी।

रहस्यमई मौत।

हर्षद मेहता पर कई सारे केस चल रहे थे मगर उसे मात्र 1 केस में दोषी पाया गया था। सुप्रीम कोर्ट ने उसे दोषी पाते हुए 5 साल की सज़ा और 25000 रुपए का जुर्माना ठोका था। मेहता थाणे जेल में बन्द था। 31 दिसम्बर 2001 को देर रात उसे छाती में दर्द की शिकायत हुई और इसी दौरान जेलर को कई बार बोलने के बाद उसको हॉस्पिटल के लिए ले जाया गया लेकिन रास्ते में ही इनकी मृत्यु हो गई।

पिछले दो दशकों में हुए बड़े स्कैम (घोटाले)

(पिछले दो दशकों में हुए बड़े स्कैम (घोटाले) में शामिल लोगों को ठग कहना बेहद जल्दबाज़ी होगी क्योंकि अभी इनके मामले माननीय न्यायालयों में विचाराधीन है, परन्तु इस बात से मुँह नहीं मोड़ा जा सकता कि इन लोगों ने घोटाला किया है और इनके घोटाले से सम्पूर्ण राष्ट्र को छति पहुँची है।

पाठक स्वयं निर्णय लें कि ऐसे लोगों को किस श्रेणी में रखेंगे। मेरा उद्देश्य किसी की आंतरिक भावनाओं को ठेस पहुँचाना व मानहानि करना बिल्कुल नहीं है यद्यपि ठगी/घोटाला जैसे शब्द और कृत्य भारत में ख़त्म हो जाए इसकी ओर एक प्रयास है।)

अध्याय-5
विजय माल्या

इस पुस्तक के दूसरे हिस्से पिछले दो दशकों में हुए बड़े स्कैम (घोटाले) का पहला सबसे मशहूर नाम विजय माल्या का आता हैं। ये वो नाम है, जो कभी एक बड़े उद्योगपति व राजनेता के रूप में जाना जाता था लेकिन वर्तमान में ये नाम एक घोटालेबाज़ व अय्याश के रूप में जाना जाता है। विजय माल्या ने कई बैंको से लगभग 9000 करोड़ का क़र्ज़ लिया और अब फ़रार है विजय माल्या "भारतीय रिज़र्व बैंक" भारत सरकार का ही नहीं अपितु सम्पूर्ण राष्ट्र का दोषी है। आज के समय में जब भी घोटालो की चर्चा होती हैं तो विजय माल्या का नाम ज़रूर आता है, हैरतंअगेज़ कर देने वाली बात तो ये है कि इतनी सफल ज़िन्दगी के पश्चात भी एक आदमी ग़लत रास्तों पर चलता है, और भारत सरकार व भारतीय लोगों का दोषी बन जाता है।

आइए जानते हैं विजय माल्या कौन है? और क्या है उसकी कहानी-

विजय माल्या का जन्म 18 दिसम्बर 1955 को जाने-माने उद्योगपति विट्ठल माल्या के यहाँ हुआ था। विजय माल्या 10 अप्रैल 2002 से 9 अप्रैल 2008 व 1 जुलाई 2010 से 2 मई 2016 तक दो बार राज्यसभा के सदस्य थे एवं व्यापर में भी उनका काफ़ी बोल बाला था। वो यू.बी समूह और किंग फ़िशर एयरलाइन्स के अध्यक्ष थे। वर्ष 2008 में लगभग 72 अरब रुपए के सम्पत्ति के साथ वो विश्व में 962 वें सबसे धनी लोगो में शामिल हुए। इसी समय इनका भारत में धनी लोगों में 42 वां स्थान था। आज कल भारत सरकार ने विभिन्न भारतीय बैंको के 9000 करोड़ हड़पकर भाग जाने के कारण विजय माल्या को भागौड़ा घोषित किया है अभी वे ब्रिटेन में है और भारत सरकार उनका प्रत्यर्पण कराकर भारत लाने की भरपूर कोशिश कर रही है।

विजय माल्या अच्छे दिनों का राजा कहलाता था, वो घोड़ों की रेस करवाता, बाज़ी लगाता उसकी अपनी एक क्रिकेट टीम थी और वो F1, की रेस में भी अपनी कार दौड़वाता था। धन और ऐश्वर्य उसकी कनीज़ें कहलाती थीं। उसकी

पार्टियों में शराब की नदियाँ बहती थीं और उसके साथ सुंदरियाँ ऐसे चिपकी रहती थी जैसे शहद के साथ मधुमक्खियाँ चिपकी रहती है। वो ज़मीन पर ही नहीं हवा व पानी में भी रंगारंग पार्टी करता था। विजय माल्या अपने मेहमानों को कई देशों का खाना खिलाता और उम्दा मात्रा की शराब परोसता था दुनिया भर की सुंदरियाँ उसके कैलेंडर पर छपने के लिए तरसती थी। उसके कैलेंडर के लॉन्च पार्टी का न्यौता रईसों को दिया जाता था। फिर एक दिन पता चला कि अच्छे दिनों का राजा कंगाल हो गया है। वो क़र्ज़ नहीं चुका पा रहा और महाजन उसके पीछे पड़े हैं। उसके लिए काम करने वाले कर्मचारी सड़कों पर उतर कर वेतन माँग रहे थे और सरकार की पेशानी पर पसीना छलक रहा था पर इतने सब पर भी उसकी रईसी पर कोई कमी नहीं आई वो 60 साल का हुआ तो भी उसके ठाठ देखने लायक़ थे। माथे के ऊपर 9,000 करोड़ का क़र्ज़ होने का बाद भी उसने अपने जन्मदिन की पार्टी के लिए स्पेन से सिंगर बुलाए और गोवा के अपने एक विला में सैकड़ों VIP मेहमानों को रंगारंग पार्टी दी। उसके जन्मदिन की पार्टी की तसवीरे देखकर रिज़र्व बैंक के गवर्नर रघुराम राजन को भी ये कहना पड़ा था कि करोड़ों का क़र्ज़ा लेकर जो ऐसी पार्टियाँ कर रहा हो वो देश की जनता का मज़ाक़ बना रहा है। फिर 1 दिन वो लापता हो गया अपना सारा सामान लेकर क़र्ज़ लेने वाले बैंकों को अलविदा बोल दिया। दावा है कि वो देश के वित्तमन्त्री को बता कर निकला था कि वो जा रहा है। उसके नाम से निकला लुकआउट नोटिस भी उसे नहीं रोक पाया और दिल्ली से लंदन पहुँच कर उसने ऐलान किया कि वो अपने घर आ गया है। सात साल से ज़्यादा हो चुके हैं इस घोटालेबाज ऑफ़ हिन्दुस्तान को वापस भारत लाने की हर मुमकिन कोशिश हो रही है। लेकिन ये ठग क़ानून के साथ आँख-मिचौली खेल रहा है। बैंको को कंगाल कर गया विजय विट्ठल माल्या अब ख़ुद को किंग ऑफ़ बैड टाइम्स कहता है लेकिन ना तो उसके ठाठ कम हुए हैं और न ही उसकी अय्याशी भरी ज़िन्दगी में कोई फ़र्क़ पड़ा है।

विजय विट्ठल माल्या ख़ानदानी रईस था हिन्दुस्तान में दारू बनाने वाली सबसे बड़ी कम्पनी उसे बपौती में मिली थी जिसे उसने और कामयाब बनाया। वो घोटालेबाज़ कैसे बना? और भारतीय बैंको को चुना लगाकर फ़रार कैसे हो गया ये समझने के लिए 17 साल पीछे चलना होगा। UB ग्रुप के मालिक विजय

माल्या ने 2005 में एयरलाइन्स सेक्टर में उतरने का ऐलान किया और अपने बेटे के जन्मदिन पर उसे नई कम्पनी का तोहफ़ा दिया। यू.बी ग्रुप में उन दिनों की SPIRIT और बीयर से लेकर केमिकल फ़र्टिलाइज़र पेंट न्यूज़ पेपर और फ़िल्मी मैगज़ीन के व्यवसाय थे। विजय माल्या ने प्रीमियम ब्रांड की एयरलाइन्स कम्पनी बनाई जिसमें यात्रियों को नई तरह का एक्सपीरियंस देने का वादा किया गया विजय माल्या ने 70 हवाई जहाज़ों का बेड़ा बनाया और पेरिस से इन्टरनेशनल शो में एक साथ 50 एयर बेस ख़रीदने का ऐलान किया। वो माल्या के अच्छे दिन थे देश की अर्थव्यवस्था की रफ़्तार भी तेज़ थी और क़यास लगाए जा रहे थे कि भारत चीन को पीछे छोड़ देगा पहले दो साल किंग फ़िशर के बेहतरीन रहे कम्पनी ने मुनाफ़ा भी कमाया और 2007 में किंग फ़िशर एयरलाइन्स ने 550 करोड़ रुपए में एयर डेक्कन का सौदा कर लिया। लेकिन माल्या ने इस धंधे में अपना ख़ानदानी पैसा नहीं लगाया था किंग फ़िशर एयरलांइसर में लगा पैसा क़र्ज़ का था जिसे 17 बैंको से लिया गया था इस क़र्ज़ पर ब्याज़ की रक़म भी अच्छी ख़ासी थी। ख़ुद माल्या किंग फ़िशर एयरलाइन्स से 33 करोड़ 46 लाख रुपए कि सैलरी लेता था कम्पनी की दूसरी शाखा खर्ची भी कम नहीं थी। 2008 और 2009 के मंदी के हालात बदलने लगे मुनाफ़ा घाटे में बदल गया और कम्पनी क़र्ज़दारो का ब्याज़ चुकाने में भी नाकाम होने लगी थी। 2008 में तेल का दाम बढ़ने से किंग फ़िशर को 934 करोड़ का घाटा हुआ इसके लिए क़र्ज़ लिया और 2009 आते-आते क़र्ज़ बढ़कर 5,665 करोड़ हो गया। जो ब्याज़ के साथ 7,000 करोड़ को पार कर गया इस ठग ने आई.डी. बी.आई बैंक को चूना लगाया उसने किंग फ़िशर के कर्मचारियों को सैलरी देने और ऑपरेशन जारी रखने के लिए 861 करोड़ रुपए का लोन माँगा कम्पनी के खाते में कुछ नहीं बचा था। लोन सारे ऐसैट्स से ज़्यादा हो चुके थे इसलिए माल्या ने क़र्ज़ लेने के लिए बैंक के अफ़सरों को 16 करोड़ रूपए की रिश्वत दी लोन के पैसे मिले तो माल्या ने उसे किंग फ़िशर मे नहीं लगया बल्कि खोखा कम्पनियों की मदद से उसने उस पैसे को यूरोप के कम्पनियों में पहुँचा दिया जहाँ इस पैसे से F1 रेस कराई गई। साल 2010 में विजय माल्या राज्य सभा का सदस्य बनकर संसद पहुँच गया उधर किंग फ़िशर एयरलाइन्स के कर्मचारियों ने सैलरी के लिए सड़कों पर उतरना शुरू कर दिया और सरकार के हाथ पैर फूलने

लगे किंग फ़िशर की डूबती नैया को देख कर सरकार को अपने ऊपर की नैया डूबती नज़र आ रही थी। कम्पनी को बचाने के लिए सरकारी स्तर पर कोशिश हुई प्रधानमन्त्री डॉ मनमोहन सिंह ने ऐलान किया था कि सरकार एवियशन सेक्टर को टूटने नहीं देगी, सरकार व आर.बी.आई के कहने पर स्टेट बैंक ऑफ इण्डिया के नेतृत्व में 17 सरकारी बैंकों ने किंग फ़िशर एयरलाइन्स को दिए गए लोन की रिस्ट्रकचिरिंग करी रिस्ट्रक्चरिंग माने तो लोन चुकाने की शर्ते और उसका समय बदला गया। माल्या ने 4,000 करोड़ का बताकर किंग फ़िशर का ब्रांड गिरवी रखा, किंग फ़िशर को बचाने की कोई कोशिश काम नहीं आई 2011 में किंग फ़िशर एयरलाइन्स का लाइसेंस रद्द हो गया और कम्पनी बन्द हो गई तब से क़र्ज़ वसूली की प्रक्रिया चल रही है। विजय माल्या भाग चुका है और बैंको ने किंग फ़िशर एयरलाइन्स की दिए गए सारे क़र्ज़ एन.पी में डालने पड़े हैं क़र्ज़ वसूली का आलम ये है कि माल्या ने किंग फ़िशर के जिस ब्रांड को 4,000 करोड़ रुपए का बताकर लोन लिया था उससे बैंकों को 1 रुपए की भी रिकवरी नहीं हुई। इस ब्रांड की नीलामी के लिए बैंको ने 330 करोड़ की नीलामी रखी थी लेकिन कोई ख़रीददार नहीं मिला। गोवा में माल्या का किंग फ़िशर विला 3 बार की नाकाम नीलामी के बाद किसी तरह से 73 करोड़ में बिक गया गोवा में ही बना किंग फ़िशर हाउस 5 दौर की नीलामी में भी नहीं बिका है इसे डेढ़ सौ करोड का बताकर क़र्ज़ लिया गया था। लेकिन नीलामी में ख़रीदारों के लाले पड़ गए किंग फ़िशर हाउस की रिजर्व क़ीमत 5 बार कम हो चुकी है लेकिन कोई ख़रीदार नहीं मिल रहा है। सरकारी एजेंसियों का दावा है कि इस घोटालेबाज़ की 9000 करोड़ से ज़्यादा की सम्पत्ति उसके क़ब्ज़े में है लेकिन उन सम्पत्तियों को नीलाम करने की प्रक्रिया इतनी जटिल है और क़ानूनी दाँव-पेच इतने ज़्यादा कि बैंको को कुछ भी मिलता दिख नहीं रहा है।

माल्या पर लुटाए गए क़र्ज़ की कहानी-

विजय माल्या की कम्पनियों को पहली बार सितम्बर 2004 में लोन दिया गया था जब यू.पी.ए की पहली सरकार बनी थी। इस लोन की फ़रवरी 2008 में समीक्षा की गई और 2009 में 8,040 करोड़ के लोन को एन.पी.ए में डाला गया। एन.पी.ए का मतलब होता है नॉन परफॉर्मिंग असेट्स यानी ऐसे लोन जो

डूब गए और जिनको वसूला नहीं जा सकता माल्या के ख़िलाफ़ दायर चार्जशीट के मुताबिक़ साल 2009 में उसने आई.डी.बी.आई बैंक के अधिकारियों को 16 करोड़ रिश्वत देकर 861 करोड़ का क़र्ज़ लिया। किंग फ़िशर एयरलाइन्स ने आई.डी.बी.आई से लोन लेने के लिए फ़र्ज़ी दस्तावेज़ जमा किए जिनको जाँचा भी नहीं गया, 861 करोड़ के लोन को माल्या के फ़र्ज़ी कम्पानियों के ज़रिए यूरोप के खातों में ट्रान्सफ़र कर दिया। साल 2010 में डॉ मनमोहन सिंह की सरकार ने माल्या के लोगों को रिस्ट्रक्चर करके सहुलियत दी लेकिन माल्या ने एक पैसा नहीं चुकाया। जिन दिनों किंग फ़िशर कम्पनी के कर्मचारी अपनी सैलरी के लिए सड़क पर थे और बैंको के अफ़सर लोन वसूलने के लिए कोर्ट के चक्कर लगा रहे थे उन दिनों भी माल्या पार्टी करने में व्यस्त था। वो IPL मे अपनी टीम को चीयर करता नाइट पार्टीज़ करता और संसद सत्र के दौरान सांसद बनकर सत्ता के गलियारों में घूमता हिन्दुस्तान के इस घोटालेबाज़ व्यापारी का लंदन भाग जाने वाली कहानी भी कोई कम चौंकाने वाली नहीं है। लोन डिफॉल्ट केस में 3 मार्च 2016 को सुप्रीम कोर्ट में सुनवाई थी, 1 मार्च 2016 को माल्या संसद भवन में दिखा था माल्या के नाम लुक आउट नोटिस जारी था और सारे एयरपोर्ट सतर्क थे लेकिन 3 मार्च 2016 तत्कालीन अटॉर्नी जरनल ने सुप्रीमकोर्ट में बताया कि माल्या एक दिन पहले ही यानी 2 मार्च 2016 को देश छोड़कर जा चुका है। विजय माल्या ने अपनी महिला मित्र के साथ जेट एयरवेस के लंदन जाने वाली फ्लाइट 9W-122 पकड़ी थी, कहा जाता है कि वो 55 सूटकेस के साथ लंदन गया था। 9000 करोड़ रुपए से ज़्यादा का क़र्ज़ लेकर घी पी रहा विजय माल्या लुक आउट नोटिस होने के बाद भी 55 सूटकेस लेकर कैसे लंदन भाग गया ये भी कम हैरानी की बात नहीं है आज तक इस बारे में कोई आधिकारिक जानकारी सामने नहीं आई है, लेकिन इतना ज़रूर है कि विजय माल्या ने आपने पावरफ़ुल कांटेक्ट के जरिए सिस्टम में वो जुगाड़ बना लिया था। जिससे वो लंदन निकल सके।

कैसे बदल गया लुक आउट नोटिस-

CBI ब्यूरो ऑफ़ इमीग्रेशन को 16 अक्टूबर 2015 को लुक आउट नोटिस जारी किया था ऐसा लुक आउट नोटिस होने पर भी किसी भी इमीग्रेशन

काउन्टर पर पहुँचते ही पूछताछ और हिरासत हो सकती है लेकिन क़रीब 1 महीने बाद 24 नवम्बर 2015 को इस लुक आउट नोटिस में संसोधन कर दिया गया, नई लुक आउट नोटिस के मुताबिक़ इमीग्रेशन अधिकारियों को सिर्फ़ सूचना देनी थी। यानी उन्हें उन दिनों के सी.बी.आई के डायरेक्टर अनिल सिन्हा थे जो दिसम्बर 2016 में रिटायर हुए। लुक आउट नोटिस में बदलाव के बाद माल्या विदेश आता जाता रहा लंदन भागने से पहले वो दो बार विदेश गया और वापस आया 1 दिसम्बर 2015 को वो विदेश गया और 7 दिसम्बर 2015 लौट आया, 23 दिसम्बर 2015 को माल्या फिर विदेश गया और 2 फ़रवरी 2016 को लौट आया लेकिन 2 मार्च 2016 को माल्या देश छोड़कर गया तो आज तक नहीं लौटा। भारत भेजे जाने के डर से विजय माल्या कई तरकीब अपना चुका है वो लंदन में महँगे वकील ख़रीदकर मुक़द्दमा लड़ रहा है। मुक़द्दमा लड़ने लिए भी वो ब्रिटेन की सरकार से ये कहकर पैसे लेता है कि उसकी सम्पत्ति ज़प्त कर ली गई है और उसे न्याय पाने के हक़ से बे-दख़्ल नहीं किया जा सकता। उसने लंदन में भारतीय जेलों की दुर्दशा का बखान भी किया और वहाँ पर जाने का ख़तरा जता चुका है।

अध्याय-6
नीरव मोदी

इस पुस्तक के दूसरे हिस्से पिछले दो दशकों में हुए बड़े स्कैम (घोटाले) का दूसरा सबसे मशहूर नाम "नीरव मोदी" का आता है। ये वो नाम है जो कभी जाने-माने प्रसिद्ध हीरा व्यवसायी के रूप में जाना जाता था लेकिन वर्तमान में ये नाम एक घोटालेबाज़ और भगौड़े के रूप में जाना जाता है। नीरव मोदी ने पंजाब नेशनल बैंक से लगभग 6,500 करोड़ रुपए का क़र्ज़ा लिया और इसके अलावा यूनियन बैंक ऑफ़ इण्डिया से भी क़र्ज़ा लिया और अब देश छोड़कर फ़रार है। नीरव मोदी पंजाब नेशनल बैंक, यूनियन बैंक ऑफ़ इण्डिया, और भारतीय रिज़र्व बैंक का ही नहीं अपितु भारत सरकार व भारतीय लोगों का भी दोषी है। नीरव मोदी को घोटालो के मालमे में दोषी मानते हुए यू.के की एक अदालत ने कारावस की सज़ा सुनाई एवं इन दिनों वो वैंड्सवर्थ जेल, यू.के में बन्द है।

आइए जानते हैं नीरव मोदी कौन है? और क्या है उसकी कहानी –

नीरव मोदी का जन्म 27 फ़रवरी 1971 को पालनपुर गुजरात भारत में हुआ था। नीरव मोदी ने भारत से भागने के पश्चात बेल्जियम की नागरिकता ले लिया। नीरव मोदी पर इन्टरपोल व भारत सरकार द्वारा आपराधिक साज़िश, आपराधिक विश्वासघात, धोखाधड़ी और बेईमानी के लिए सम्पत्ति की डिलवरी, भ्रष्टाचार, मनी लॉन्ड्रिंग, धोखाधड़ी, ग़बन का आरोप लगाया गया था और अगस्त 2018 में अनुबंध का उल्लंघन करने का आरोप लगाया गया था। पंजाब नेशनल बैंक (पी.एन.बी) के दो बिलियन डॉलर के धोखाधड़ी मामले के एक हिस्से के रूप में नीरव मोदी की जाँच की जा रही है। मार्च 2018 में, नीरव मोदी ने मैनहट्टन, न्यूयार्क में दिवालियापन संरक्षण के लिए आवेदन किया। जून 2018 में, नीरव मोदी के यू.के में होने की सूचना मिली थी, जहाँ उन्होंने कथित तौर पर ब्रिटेन में राजनीतिक शरण के लिए आवेदन किया था। जून 2019 में स्विस अधिकारियों ने सम्पत्ति के साथ नीरव मोदी के स्विस बैंक खातों में मौजूद कुल 6 मिलियन अमेरिकी डॉलर को सील कर दिया।

एनफ़ोर्समेंट डायरेक्टोरेट ने भगौडे कारोबारी नीरव मोदी की सम्पत्तियाँ रिलीज़ यानी डी-अटैच कर दी है। इनकी क़ीमत 1000 करोड़ रुपए है, इसमें काला घोड़ा स्थित वो इमारत भी शामिल है, जिसमें कभी रिदम हाउस होता था। इसके अलावा नेपानेसिया रोड स्थित एक फ्लैट, कुर्ला की एक ऑफ़िस बिल्डिंग और नीरव मोदी की कुछ ज्वैलरी शामिल हैं। ई.डी ने कोर्ट के आदेश पर ये सब सम्पत्तियाँ रिलीज़ की है ताकि इनकी नीलामी कर पंजाब नेशनल बैंक (P.N.B) घोटाले की रक़म की वसूली की जा सके। नेशनल कम्पनी लॉ ट्राइब्यूनल (N.C.L.T) इन सम्पत्तियों की निलामी के लिए एक लिक्विडेटर नियुक्त किया है। ई.डी कुछ सम्पत्तियाँ पहले की रिलीज़ कर चुकी है। अब पी.एन.बी इन सम्पत्तियों की नीलामी कर अपना पैसा वसूल करेगा। इन सम्पत्तियों में अहमद नगर ज़िला स्थित एक सोलर प्लांट भी शामिल है। ई.डी ने पी.एन.बी को क़रीब 6 करोड़ रुपए भी सौंप दिए हैं, जिसमें नीरव मोदी की कार, पेंटिंग्स सहित कुछ महँगी चीज़ों की नीलामी से हासिल किया गया था। नीरव मोदी ने पी.एन.बी से लगभग 6,500 करोड़ रूपए का घोटाला किया था। और जैसा कि शीर्षक में परिचय के दौरान मैंने उध्दत किया है कि घोटाले के लिए दोषी मानते हुए यू.के लंदन की एक अदालत ने उसे कारावस की सज़ा सुनाई है, और वो इन दिनों वैंड्सवर्थ जेल, यू.के लंदन में बन्द है। भारत सरकार उसके प्रत्यावर्तन की कोशिश कर रही है। मोदी की कुछ सम्पत्तियाँ जो पी.एन.बी के पास गिरवी नहीं रखी गई थी वे ई.डी के क़ब्ज़े में बनी रहेंगी। इनमें वर्ली स्थित समुद्र महल बिल्डिंग शामिल है। इसकी क़ीमत 100 करोड़ रुपए है। इसके अलावा जैसलमेर में एक विंडमिल भी है। ई.डी अभी विदेश में नीरव की सम्पत्तियों को क़ब्ज़े में लेने की कोशिश कर रहा है। नीरव मोदी ने 2017 में अपनी कम्पनी फ़ायरस्टार डायमंड के ज़रिए प्रतिष्ठित रिदम हाउस बिल्डिंग ख़रीदी थी। उसका प्लान इसे हेरिटेज प्रॉपर्टी कनवर्ट करने का था। माना जाता है कि उसने ज़्यादातर सम्पत्तियाँ पी.एन.बी घोटाले से हासिल रक़म से ख़रीदी थी।

यूनियन बैंक ऑफ़ इण्डिया के साथ व्यवहार-

यूनियन बैंक ऑफ़ इण्डिया ने नीरव मोदी पर हाँगकाँग की एक अदालत पर मुकदमा दायर किया। यूनियन बैंक ने 26 सितम्बर 2018 को उच्च न्यायलय

में दायर एक रिट में दावा किया कि मोदी ने 21अक्टूबर 2011 को फ़ायर स्टोन ट्रेडिंग प्राइवेट और 15 नवम्बर 2011 को फ़ायर स्टार डायमंड को दिए गए दो ऋणों की गारंटी दी। बैंक ने माँग की कि वो बाद में 5.49 मिलयन डॉलर से अधिक ब्याज़ का भुगतान करें। दोनो फ़र्मो ने कथित तौर पर पुनर्भुगतान में चूक की।

नीरव मोदी का पंजाब नेशनल बैंक के साथ धोखाधड़ी का मामला और उसके मुक़द्दमे-

फ़रवरी 2018 में, भारत सरकार के केन्द्रीय जाँच ब्यूरो (सी.बी.आई) ने मोदी की जाँच शुरू की, पंजाब नेशनल बैंक की शिकायत पर कार्यवाही करते हुए आरोप लगाया कि नीरव मोदी व उनके सहयोगियों ने साज़िश करके बैंक से 28000 करोड़ (लगभग यू.एस डॉलर 4 बिलियन) की धोखाधड़ी की। बैंक अधिकारियों को विदेशी आपूर्ति कर्ताओं को भुगतान करने के लिए धोखाधड़ी से लेटर ऑफ़ अंडरटेकिंग प्राप्त करने के लिए। जबकि 28,000 करोड़ वो धोखाधड़ी है जिस पर अब तक आरोप लगाया गया है, पंजाब नेशनल बैंक को संभावित नुकसान 11,000 करोड़ तक होने की सूचना है। प्रवर्तन निदेशालय "E.D" उस धोखाधड़ी के मामले की जाँच कर रहा है जो सी.बी.आई ने उसके ख़िलाफ़ दर्ज किया है। नीरव मोदी के कुछ स्टोर शुरू में हमेशा के लिए खुले रहे, जिसमें सिंगापुर में मरीना बे सैंड्स भी शामिल है, हालाँकि ये धीरे-धीरे बन्द हो गए हैं। मार्च 2018 को, नीरव मोदी की फ़र्म फ़ायर स्टार डायमंड इंक ने संयुक्त राज्य अमेरिका में अपनी सम्पत्ति की सुरक्षा और इज़राइल बैंक के साथ उनकी रिवॉल्विंग क्रेडिट सुविधा के लिए मैनहट्टन दिवालियापन अदालत में दिवालियापन संरक्षण के लिए आवेदन किया। नीरव मोदी 15/16 फ़रवरी 2018 को बैंक का जवाब दिया कि मेरे प्रस्ताव के बावजूद "सार्वजनिक घोषणा से एक दिन पहले 13 फ़रवरी" को आपके कार्यों ने मेरे ब्रांड को नष्ट कर दिया है और तुरन्त अपना बकाया वसूल करने कि चिन्ता में है। व्यापर और अब अवैतनिक ऋणों के निशान को छोड़कर सभी बकाया वसूल करने की क्षमता को प्रतिबन्धित कर दिया है। नीरव मोदी ने लगभग 6,500 करोड रुपए के अपने घरेलू कारोबार का अनुमान लगाया, और कहा, "इसके बैंकिंग प्रणाली के

क़र्ज़ को कम करने मुक्त करने में मदद मिल सकती थी", लेकिन उन्होंने दावा किया कि ये अब असम्भव है क्योंकि उनके सभी बैंक खाते फ्रीज़ कर दिए गए हैं और सम्पत्तियाँ बन्द हो गई हैं/ज़ब्त की गई हैं। नीरव मोदी ने अपनी पत्नी एमी मोदी के साथ मुम्बई की प्रतिष्ठित समुद्र महल सम्पत्तियों में 900 करोड रुपए की समुद्री सम्पत्ति ख़रीदी। भारत में उनकी सम्पत्ति जिसमें आभूषण, पेंटिंग और रियल एस्टेट शामिल हैं, जिनकी क़ीमत लगभग 523 करोड़ रुपए (लगभग 75 मिलियन डॉलर) है, को प्रवर्तन निदेशालय द्वारा संलग्न किया गया है। प्रवर्तन निदेशालय (E.D) ने राजस्थान में नीरव मोदी के स्वामित्व वाले चार पवन उर्चा संयन्त्रों को संलग्न किया, जिनकी कुल क्षमता 9.6 (मेगावाट) है। राजस्थान के राज्य बिजली बोर्ड के साथ शेयर ख़रीद समझौते के कारण संयन्त्र सालाना 5 करोड़ रुपए तक कमाते हैं। ये पवन उर्जा संयन्त्र 2014-15 में चालू है, मार्च 2018 में, अहमदाबाद नगर ज़िले के कर्जत में 135 एकड़ में फैले 5.24 मेगावाट और सौर ऊर्जा संयन्त्र को 60 करोड़ रुपए में संलग्न किया था। मई 2018 में, सी.बी.आई और ई.डी के मामले की जाँच के लिए दो-दो प्राथमिकी दर्ज की थी। कहा जाता है कि नीरव मोदी ने अपने ऊपर आपराधिक मामला दर्ज होने से पहले ही देश छोड़ दिया था।

अपने ब्रांड के पतन के साथ, मोदी का भाग्य ध्वस्त हो गया है। फ़ोर्ब्स ने उन्हें अपनी वार्षिक अरबपतियों की सूची से हटा दिया, मार्च 9, 2018 को उनकी वार्षिक सम्पत्ति 100 मिलयन डॉलर से कम होने का अनुमान लगाया। असफलता के परिणामस्वरूप, आर.बी.आई ने आयात के लिए एल.ओ.यू और एल.ओ.सी जारी करना बन्द कर दिया है, जिसने आयतकों के वित्तीय लचीलेपन को सीमित कर दिया है। उनकी कम्पनी A.JAFFEE, जिसे उनके SYNERGIES CORPORATION के माध्यम से अधिकारिक किया गया था, जिसकी मई 2018 में नीलामी की गई थी और पराग डायमंड द्वारा ख़रीदी गई थी। तब से सभी स्टोर बन्द हैं। अप्रैल 2018 में ये आरोप लगाया गया था कि नीरव मोदी को हाँगकाँग में सुरक्षित आश्रय मिला था, लेकिन उस वर्ष के जून में उनके यू.के में होने की सूचना मिली, जहाँ उन्होंने शरण के लिए आदवेन किया, ये दावा करते हुए कि वो "राजनीतिक उत्पीड़न" का शिकार थे और किसी भी ग़लत काम से इनकार किया। मार्च 2019 में, द टेलीग्राम

द्वारा मोदी को यू.के में देखे जाने की सूचना मिली थी। ऐसा कहा गया था कि वो 8 मिलियन डॉलर की लागत वाले एक अपार्टमेंट में रह रहे थे। भारतीय अधिकारियों ने जवाब देते हुए कहा कि यू.के से प्रत्यर्पण का अनुरोध किया गया था। 20 मार्च 2019 को उनके ख़िलाफ़ वारंट जारी होने के बाद उन्हें लंदन में गिरफ़्तार किया गया था। उस महीने के अन्त में भारतीय कर अधिकारियों ने उनके कुछ कला संग्रह की नीलीमी करके 8M डॉलर जुटाए। मोदी ने अपनी रिमांड बढ़ाए जाने के लिए एक दिन बाद 31 मई को यू.के उच्च न्यायलय में ज़मानत के लिए आवेदन किया। अक्टूबर 2020 तक ज़मानत के लिए उनके सभी अनुरोधों को ख़ारिज कर दिया गया है। 8 जून 2020 को प्रिवेन्शन ऑफ़ मनी लॉन्ड्रिंग एक्ट (P.M.L.A) कोर्ट ने उनकी क़रीब 1,400 करोड़ रुपए की सम्पत्ति ज़ब्त करने का आदेश दिया है। 25 फ़रवरी 2021 को यू.के की एक अदालत ने पी.एन.बी धोखाधड़ी मामले में नीरव मोदी को एक प्रमुख आरोपी के रूप में भारत प्रत्यर्पित करने के भारत सरकार के अनुरोध को स्वीकार कर लिया। ब्रिटेन के गृह सचिव ने 15 अप्रैल प्रत्यर्पण आदेश पर हस्ताक्षर किंए, जो भारत को उनके निर्वासन साफ़ करने का अगला क़दम है। नीरव मोदी के पास यू.के के उच्च न्यायालय में निर्णय की अपील करने के लिए 14 दिन का समय था, जो उन्होंने 1 मई को किया था, ये दावा करते हुए कि उन्हें भारत में निष्पक्ष सुनवाई नहीं मिलेगी। प्रत्यर्पण अपील में महीनों लग सकते हैं परन्तु 23 जून 2021 को ब्रिटेन के एक उच्च न्यायलय ने भारत में उनके प्रत्यर्पण के ख़िलाफ़ नीरव मोदी की अपील का ख़ारिज कर दिया। अकटूबर 2021 के पेंडोरो पेपर्स से पता चला कि उनकी बहन पूर्वी मोदी ने भारत से भागने से ठीक एक महीने पहले एक ऑफ़शोर फ़र्म की स्थापना की थी।

अध्याय-7
मेहुल चौकसी

इस पुस्तक के दूसरे हिस्से पिछले दो दशकों में हुए बड़े स्कैम (घोटाले) का तीसरा सबसे मशहूर नाम "मेहुल चौकसी" का आता है ये वो नाम है जो मशहूर हीरा व्यवसायी व भारत में 4,000 स्टोर वाली रिटेल ज्वैलरी कम्पनी गीतांजली ग्रुप के मालिक के रूप में जाना जाता था, लेकिन वर्तमान में ये नाम एक घोटालेबाज़ व भगौड़े के रूप में जाना जाता है। पंजाब नेशनल बैंक के साथ मेहुल चौकसी ने कथित तौर पर 1.8 अरब डॉलर की धोखाधड़ी की। इसके अलावा भारतीय न्यायिक अधिकारियों द्वारा निम्न मामलों में वांछित है, आपराधिक साज़िश, आपराधिक विश्वास का उलंघन, सम्पत्ति की सुपुर्दगी सहित धोखाधड़ी और बेईमानी भ्रष्टाचार, काले धन को वैध बनाना इसके साथ ही वर्ष 2013 में शेयर बाज़ार में हेर-फेर करने में शामिल था। इन सभी मामलों में दोषी पाए जाने के बाद वर्तमान में मेहुल चौकसी देश छोडकर फ़रार है। मेहुल चौकसी पंजाब नेशनल बैंक, भारतीय रिज़र्व बैंक, शेयर बाज़ार का ही नहीं अपितु भारत सरकार व भारतीय लोगों का भी दोषी है। अवैध रूप से देश में प्रवेश करने के मामले में दोषी मानते हुए डोमिनिका में मेहुल चौकसी को गिरफ़्तार किया गया था।

आइए जानते हैं मेहुल चौकसी कौन है? और क्या है उसकी कहानी-

मेहुल चौकसी का पूरा नाम मेहुल चिनुभाई चौकसी है इसका जन्म 5 मई 1959 को बॉम्बे भारत में हुआ था। वर्ष 2017 में मेहुल चौकसी ने एन्टीगुआ और बारबूडा की नागरिकता ले ली और डोमिनिका नामक देश में अवैध रूप से प्रवेश करने के मामले में गिरफ़्तार किया गया था।

मेहुल चौकसी का पंजाब नेशनल बैंक (पी.एन.बी) के साथ धोखाधड़ी का मामला,-

मार्च 2018 में, एक विशेष (P.M.L.A) अदालत ने चौकसी उसके

भतीजे नीरव मोदी और फ़ायर स्टार डायमंडस के मालिक नीशाल दीपक मोदी के ख़िलाफ़ ग़ैर-ज़मानती गिरफ़्तारी वारंट N.B.W, जारी किया। उन पर पंजाब नेशनल बैंक (पी.एन.बी) के दो कर्मचारियों के साथ साँठ-गाँठ करने का सन्देह है, जो देश के दूसरे सबसे बड़े ऋणदाता है, कथित तौर पर 1.8 अरब डॉलर की धोखाधड़ी में पंजाब नेशनल बैंक के कम से कम 6 कर्मचारी, व चौकसी और मोदी के कम से कम 6 कर्मचारियों को गिरफ़्तार किया जा चुका है। चौकसी भारत सरकार का भगौड़ा है। चौकसी ने एक खुले पत्र में अपनी बेगुनाही का विरोध किया है। 6 मार्च 2018 को, सी.बी.आई गीतांजलि ग्रुप ऑफ़ कम्पनीज़ के उपाध्यक्ष ,चौकसी और साथ ही एक प्रमुख सहयोगी विपुल चितालिया को हिरासत में लिया। चितालिया को मुम्बई हवाई अड्डे पर गिरफ़्तार किया गया और मार्च 2018 तक हिरासत में रहा एक नामित पी.एम.एल.ए प्राधिकरण ने माना कि मेहुल चौकसी और उसकी संबन्द्ध फ़र्मों के नाम पर प्रवर्तन निदेशालय E.D द्वारा संलग्न लगभग 1210 करोड़ रुपए की 41 सम्पत्तियाँ, मनी लॉन्ड्रिंग सम्पत्ति हैं और आदेश दिया कि उनकी कुर्की जारी रहनी चाहिए। केन्द्रीय जाँच एजेंसी ने अस्थायी रूप से मुम्बई में 15 फ्लैट और 17 कार्यालय परिसर कोलकाता में एक मॉल, अलीबाग़ में चार एकड़ का फ़ार्म हाउस और नासिक, नागपुर जैसे स्थानों पर 231 एकड़ ज़मीन कुर्क की। महाराष्ट्र में पनवेल और तमिलनाडु में विल्लुपुरम फ़रवरी 2018 में प्रिवेन्शन ऑफ़ मनी लॉन्ड्रिंग एक्ट P.M.L.A के तहत पंजाब नेशनल बैंक PNB की मुम्बई स्थित शाखा में लगभग 2 बिलियन अमेरिकी डॉलर की कथित धोखाधड़ी के संबध में। 7 जनवरी 2018 को, चौकसी ने भारत को कैरिबियाई राष्ट्र एन्टीगुआ और बारबूडा के लिए छोड़ दिया। कुछ दिनों बाद पी.एन.बी घोटाले का ख़ुलासा हुआ। 15 जनवरी को उन्होंने एटींगुआ और बारबूडा की नागरिकता की शपथ ली, जहाँ उन्होंने निवेश कार्यक्रम द्वारा देश की नागरिकता के तहत नवम्बर 2017 में नागरिकता के लिए आवेदन किया। हालाँकि भारतीय अधिकारियों का तर्क है कि उन्होंने अपने भारतीय नागरिकता का त्याग नहीं किया है। 17 जून को उनके वकील ने बॉम्बे हाईकोर्ट को सूचित किया कि वो मेडिकल चेक-अप के लिए भारत से चले गए हैं न कि मामले में अभियोजन से बचने के लिए तभी से सी.बी.आई उसे भारत वापस प्रत्यर्पित करने की कोशिश कर रही है।

चौकसी 23 मई 2021 को एन्टीगुआ और बारबूडा से लापता हो गया था। उसे आख़िरी बार 23 मई को शाम क़रीब 5:15 बजे देखा गया था, उसके बाद वो एक कार में घर से निकला था जिसे पुलिस ने जॉली हार्बर इलाक़े से बरामद किया है। उसकी तलाश के लिए जाँच शुरू कर दी गई है। ये बताया गया था कि वो क्यूबा भाग गया होगा। 26 मई को, वो पास के कैरेबियाई देश डोमिनिका में एक नाव से क्यूबा भागने की कोशिश करते हुए पाया गया था और स्थानीय पुलिस द्वारा पकड़ लिया गया था। ये पलायन प्रयास सी.बी.आई के एन्टीगुआ अदालतों में उसे भारत प्रत्यार्पित करने के मामले को मज़बूत करेगा। उनके वकील ने दावा किया कि चौकसी का अपहरण कर लिया गया था। और एन्टीगुआ पुलिस के द्वारा नाव से डोमिनिका लाया गया। उन्होंने ये भी दावा किया कि जब वो चौकसी से मिले तो उसकी आँखें सूजी हुई थीं और कई चोट के निशान थे डोमिनिका के हाईकोर्ट ऑफ़ जास्टिस कॉमानवेल्थ ने वर्तमान में देश से उनके प्रत्यावर्तन पर स्थगन आदेश जारी किया है। 29 मई 2021 को एन्टीगुआ मीडिया द्वारा चौकसी की तस्वीरें सामने आई थीं, तस्वीरों में चौकसी के बाएँ हाथ में कई चोटें आई हैं और बाएँ आँख में चोट और सूजन है। कई भारतीय एजेंसियाँ राजनयिक चैनलों का उपयोग करते हुए डोमिनिकन सरकार के सम्पर्क में थी और आग्रह कर रही थी कि वो एक भारतीय नागरिक है और उसके पास इन्टरपोल रेड कॉर्नर नोटिस था और उसे भारतीय अधिकारियों को सौंप दिया जाना चाहिए। विपक्षी दल यूनाइटेड वर्कर्स पार्टी ऑफ़ डोमिनिका और यूनाइटेड प्रोग्रेसिव पार्टी ऑफ़ डोमिनिका और यूनाइटेड प्रोग्रेसिव पार्टी ऑफ़ एन्टीगुआ और बारबूडा कथित रूप से इस अवसर का उपयोग अभियान के वित्तपोषण के बदले में, भारत में उनके निर्वासन के ख़िलाफ़ उनका समर्थन करने लिए कर रहे हैं। जून 2021 की शुरूआत में चौकसी ने डोमिनिका के उच्च नायालय में एक हलफ़नामा दायर किया, जिसमें दावा किया गया था कि उसके ख़िलाफ़ कोई गिरफ़्तारी वारंट नहीं था जब उसने जनवरी 2018 में यू.एस.ए में चिकित्सा उपचार के लिए भारत छोड़ा था। उन्होने ये भी कहा कि उनका अदालत में भाग लेने से भागने का कोई इरादा नहीं है और उनका डोमिनिका छोड़ने का कोई इरादा नहीं है। उन्होंने अपनी ज़मानत याचिका में चिकत्सा मुद्दों और अपने स्वास्थ्य के लिए भय का दावा किया था। एन्टीगुआ के सूचना मन्त्री

गेलफ़ोर्ड निकोलस ने कहा कि वे नागरिकता के लिए आवेदन करते समय झूठी जानकारी प्रदान करने के आधार पर उनकी एन्टीगुआ नागरिकता को रद्द करने के लिए चले गए। चौकसी ने इसे कोर्ट में चुनौती दी है।

डोमिनिका केस ड्रॉप होने पर पी.एन.बी घोटाले के आरोपी चौकसी को राहत-

पी.एन.बी घोटाले के आरोपी मेहुल चौकसी को पिछले वर्ष जुलाई 2021 में मेडिकल आधार पर ज़मानत पर रिहा किया गया था। डोमिनिका में चोटिल व पस्त होने के लगभग एक साल बाद भगौडे जौहरी मेहुल चौकसी, एन्टीगुआ और बारबूडा के नागरिक और पंजाब नेशनल बैंक धोखाधड़ी मामले में अपनी कथित भूमिका के लिए भारत में वांछित, को डोमिनिका अधिकारियों द्वारा राहत दी गई और उनके ख़िलाफ़ अवैध रूप से एक देश से दूसरे देश में प्रवेश करने का आरोप है। चौकसी ने दावा किया कि उन्हें एन्टीगुआ और बारबूडा से कथित तौर पर भारतीय एजेंटों द्वारा अपहरण कर लिया गया था, और जबरन एक नौका में डोमिनिका ले जाया गया था। डोमिनिका कैरिबियन में एन्टीगुआ और बारबूडा के दक्षिण में एक द्वीप राष्ट्र है। उसने दावा किया कि वो अब भारतीय नागरिक नहीं है और मौजूदा क़ानूनों के तहत उसे भारत वापस नहीं लाया जा सकता है। डोमिनिका में मेहुल चौकसी को अवैध रूप से देश में प्रवेश करने के आरोप में गिरफ़्तार गिया गया था, उसे चिकित्सा आधार पर ज़मानत पर रिहा कर दिया गया था। वो एन्टीगुआ और बारबूडा लौट आया। इसके उपरान्त एक बयान में चौकसी के एक प्रवक्ता ने कहा, श्री चौकसी ख़ुश हैं कि डोमिनिकन सराकर ने आज मई 2021 में उनके ख़िलाफ़ ग़ैर-क़ानूनी प्रवेश के सभी आरोपों को हटा दिया है। ऐसा करने से, वे अब मानते हैं कि उनके ख़िलाफ़ कभी कोई मामला नहीं था। श्री चौकसी को भारतीय राज्य के एजेंटो द्वारा उनकी इच्छा के विरूद्ध एन्टीगुआ से जबरन हटा दिया गया था शातिर हमला किया गया था, जहाँ उन्हें फिर से अवैध रूप से अधिकारियों को एक अपराध के लिए सौंप दिया गया था जो उन्होंने कभी नहीं किया। श्री चौकसी की क़ानूनी टीम उनके ख़िलाफ़ किए गए मानवाधिकारों के उलंघन के निवारण के लिए न्याय के लिए सभी रास्ते तलाश रही है। श्री चौकसी को उम्मीद है कि 23 मई 2021 को एन्टीगुआ से

उनके अपहरण के लिए ज़िम्मेदार लोगों को न्याय के कटघरे में लाया जाएगा, उनके प्रवक्ता ने कहा।

भारत में उनके वकील विजय अग्रवाल ने कहा "सच हमेशा अन्त में सामने आता है चाहे कोई इसे रोकने या छिपाने की कितनी भी कोशिश कर ले। झूठ आपरिहार्य के लिए सिर्फ़ अस्थाई देरी है। कुछ लोगों के लिए मेरे मुवक्किल श्री मेहुल चौकसी की चोटो को कुछ क़ानूनी रणनीति के कारण नक़ली कहना बेहद असंवेदनशील था पिछले साल जुलाई में, चौकसी ने डोमिनिका से एक एयर एम्बुलेंस में उड़ान भरी थी और वहाँ के अधिकारियों द्वारा एन्टीगुआ में उनका स्वागत किया गया था। डोमिनिकन उच्च न्यायालय ने चौकसी को ज़मानत दे दी थी और उसे एन्टीगुआ लौटने की अनुमति दी थी क्योंकि डोमिनिका के पास उसे पर्याप्त चिकित्सा देखभाल प्रदान करने की सुविधा नहीं थी। चौकसी के वकीलो द्वारा भारतीय एजेंटों द्वारा अपहरण का आरोप लगाने के बाद अदालत ने उनके ख़िलाफ़ अवैध प्रवेश की कार्यवाही पर रोक लगा दी थी। एन्टीगुआ में उनकी वापसी भारतीय एजेंसियों के लिए एक झटका था जिन्होंने चौकसी को भारत वापस लाने में डोमिनिका में अदालत का रुख़ किया था। डोमिनिका पुलिस हिरासत में दिखाए जाने के बाद भारतीय अधिकारियों को लेकर एक निजी जेट उसे वापस भारत ले जाने के लिए डोमिनिका में उतरा था लेकिन चौकसी का मामला अवैध प्रवेश के आरोप में अदालत में जाने के बाद, जेट को वापस लौटना पड़ा। चौकसी को वापस पाने की भारत की कोशिश एन्टीगुआ कोर्ट में प्रत्यर्पण की कार्यवाही पर टिकी है।

अध्याय-8
सुब्रत रॉय

इस पुस्तक के दूसरे हिस्से पिछले दो दशकों में हुए बड़े स्कैम घोटाले का चौथा सबसे प्रचलित नाम सुब्रत रॉय का आता है ये वो नाम है जो विश्वास के लिए जाना जाता था भारत के अमीर वर्ग से लेकर ग़रीब वर्ग तक अपनी पूँजी को बेहद विश्वास के साथ निवेश करता था सहारा ग्रुप में सहारा केवल नाम का ही सहारा न होकर यद्यपि लोगों के हृदय मे वास्तविक सहारे का एहसास था और इसी एहसास को चकनाचूर करते हुए सहारा ग्रुप भारतीय लोगों के विश्वास को तोड़कर एक घोटालों के केन्द्र बन गया और इसके मालिक सुब्रत रॉय घोटाला ग्रुप के सरग़ना।

आइए जानते हैं सुब्रत रॉय द्वारा किए गए घोटालों के बारे में-

सहारा प्रमुख सुब्रत रॉय की स्वच्छ छवि में गहरा दाग़ लग चुका है क्योंकि उसके ख़िलाफ़ भारतवर्ष के लाखों निवेशकों के पैसे हड़पने के मामले में सामूहिक एफ़.आई.आर दर्ज कराई गई है। दरअसल जन आंदोलन का संघर्ष न्याय मोर्चा के बैनर तले सहारा निवेशकों सहारा एजेंट द्वारा सहारा इण्डिया के प्रमुख और वरिष्ठ अधिकारियों के ख़िलाफ़ राँची ज़िले के डोरंडा थाने में सामूहिक प्राथमिकी दर्ज कराई गई है। सुब्रत रॉय के ख़िलाफ़ प्रदेश कांग्रेस कमेटी के वरिष्ठ नेता आलोक कुमार दुबे के नेतृत्व में थाना प्रभारी रमेश कुमार सिंह ने एफ़.आई.आर की कॉपी रिसीव की है और साथ ही उचित कार्यवाही का भी आश्वासन दिया है। वित्त योजना में पैसा निवेश करने के नाम पर निवेशको से करोड़ों रुपए का घोटाला करने के आरोप में एफ़.आई.आर दर्ज कराई गई है। आदेश में कहा गया कि राँची में सहारा की तीन सहकारी समिति और निवेशकों ने निवेश किया है। सहारा क्रेडिट कोऑपरेटिव सोसाइटी लिमिटेड और सहारा मल्टी परपज़ सोसाइटी सहित सहारा क्यू शॉप कम्पनी में निवेशकों के करोड़ों रुपए अभी फँसे हुए हैं। परिपक्वता अवधि निकलने के बाद भी अभी तक उनके निवेश और रिटर्न का भुगतान नहीं किया गया है। एफ़.आई.आर में स्पष्ट किया गया है कि

हिनू शाखा में लोगों के 11 करोड़ 50 लाख रुपए जमा हैं। वहीं जिनके ख़िलाफ़ प्राथमिकी दर्ज की गई है। उनमें ऐसी मैंनेजर सुनील कुमार सिंह के अलावा सेफ्टी मैंनेजर विजय महतो ज़ोनल चीफ़ पी.एन सिंह बिज़नेस एडवाइज़री गणेश साहू, रीज़नल मैंनेजर दिनेश कुमार सिंह सहित सतीश सिंह के नाम शामिल हैं। थाने में नारेबाज़ी भी की गई है। साथ ही वरिष्ठ अधिकारियों से फ़ोन पर बात की गई है। हालाँकि इस मामले में थाना प्रभारी का कहना है कि सहारा की वजह से यदि क़ानून व्यवस्था बिगड़ती है तो इसे क़तई बर्दाश्त नहीं किया जाएगा इससे पहले बीते दिनों सुप्रीम कोर्ट में सुनवाई के बाद पैसे लौटाने को लेकर आदेश भी जारी हुए थे। जिसके आधार पर सुब्रत रॉय सहारा प्रमुख पैरोल पर बाहर है। निवेशको के पैसे कि धोखाधड़ी के मामले में सहारा समूह के प्रमुख सुब्रत रॉय को 2016 में जेल से बाहर किया गया था, हालाँकि पैरोल पर अब तक भी कुछ भी स्पष्ट नहीं हो पाया है। वो 2016 से लगातार जेल से बाहर चल रहे हैं। इससे पहले मुम्बई की कम्पनी रजिस्ट्रार द्वारा भी इन शिकायतों की जाँच की गई थी। 14 अगस्त 2018 को केन्द्र सरकार से सहारा की कम्पनियों की जाँच शुरु करने की सिफ़ारिश की गई थी। जिसके बाद सहारा क्यू शॉप यूनिट प्रोडक्ट्स रेंजर लिमिटेड, सहारा हाउसिंग इन्वेस्टमेंट कॉरपोरेशन की जाँच शुरू की गई। इस दौरान मन्त्रालय द्वारा जाँच का ज़िम्मा एस.एफ़.आइ.ओ को सौंपा गया था। जिसने जाँच में बड़ा ख़ुलासा करते हुए कहा कि सहारा इण्डिया कामर्शियल कॉरपोरेशन लिमिडेट के लिए निवेशकों को लालच देकर उनसे 14,100 करोड़ रुपए जुटाए गए हैं। साथ ही सहारा इण्डिया फाइनेंशियल कॉरपोरेशन लिमिडेट में हार्न रिटर्न का लालच देकर निवेशकों से 19,400 करोड़ रूपए का घोटाला किया गया है। इस तरह अब तक सहारा इण्डिया द्वारा निवेशको को लालच देकर 50,000 करोड़ रुपए का घोटाला किया गया है।

सहारा प्रमुख सुब्रत रॉय के ख़िलाफ़ शिकायतों का सिलसिला कुछ ऐसे शुरू हुआ-

सहारा इण्डिया में निवेश करने वाली महिला से 13 लाख के घोटाले के मामले सुब्रत रॉय को दोषी मानते हुए महिला ने प्राथमिकी रिपोर्ट दर्ज कराया सहारा इण्डिया में रुपए निवेश करने के बहाने घोटाला करने वाले 4 लोगों के

ख़िलाफ़ शिकायत दर्ज कराई गई है। इसमें सहारा के प्रमुख सुब्रत रॉय को भी आरोपी बनाया गया है। महिधरपुरा पुलिस ने शिकायत दर्ज करके आगे की जाँच शुरू कर दी है। जानकारी के अनुसार सहारा इण्डिया में जमा करने के बाद ग्राहकों को न तो उनके पैसे लौटाए गए और न ही अन्य लाभ दिए गए जानकारी के अनुसार पालनपुर पटिया की रहने वाली 52 वर्षीय रेणुका अशोक बालकृष्ण राजपूत ने वर्ष 2013 में सुमूल डेयरी रोड पर स्थित धनबंतरि कॉम्प्लेक्स की चौथी मन्ज़िल पर सहारा इण्डिया के कार्यालय में अलग-अलग स्कीम में 13 लाख 32 हज़ार रुपए निवेश किया था। स्कीम की अवधि पूरी होने के बाद सहारा इण्डिया न तो पैसे लौटा रही और न ही योजना का लाभ दे रही है।

कम्पनी पैसे देने से साफ़ इनकार कर रही-

रेणुका को पांडेसरा में स्थित आकाश भूमि में रहने वाले अरूण कुमार वासुदेव सिंह, डिंडोली निवासी अनन्तराम पृथ्वीराज मिश्रा, अलकापुरी वडोदरा के रहने वाले गोपल दास के ख़िलाफ़ फ़र्ज़ीवाड़ा की शिकायत दर्ज कराई है। इसमें सहारा इण्डिया के प्रमुख सुब्रत रॉय को भी आरोपी बनाया गया है। रेणुका बेन ने बताया कि स्कीम की अवधि पूरी होने के बाद उन्हें 13 लाख, 32 हज़ार के बदले कुल 21 लाख 39 हज़ार रुपए मिलने वाले थे, पर कम्पनी पैसे देने से साफ़ इनकार कर रही है। महिधरपुरा पुलिस शिकायत दर्ज कर अग्रिम जाँच कर रही है।

सुब्रत रॉय पर पहले भी दर्ज हो चुकी है शिकायत-

बता दें, सहारा इण्डिया के चेयर-मैन सुब्रत रॉय के ख़िलाफ़ सूरत में पहले भी फ़र्ज़ीवाड़ा की शिकायत दर्ज हो चुकी है। एक बिल्डर से रुपए लेने के बाद प्लॉट न देने का मामला सामने आया था। सुब्रत रॉय के ख़िलाफ़ घोटाले की ये दूसरी शिकायत है सहारा इण्डिया से अच्छा लाभ मिलने के लालच में लोगों ने अपनी पूरी कमाई जमा कर दी थी। समय पूरा होने के बाद एक रूपया भी नहीं मिल रहा है। घोटाला करने में महारत हासिल करने वाले सुब्रत रॉय ने अवार्ड देने वालों को भी नहीं छोड़ा देश दुनिया के कई अवार्ड हासिल कर लिए। मतलब गोरखपुर से बहुत कम पूँजी से सहारा इण्डिया की स्थापना करने वाले सुब्रत रॉय ने उत्तर-प्रदेश की राजधानी लखनऊ पहुँचते ही अवार्ड हासिल कर लिया

था। 1992 राष्ट्रीय सहारा अख़बार क्या शुरू किया कि उन्हें बाबा-ए-रोज़गार पुरस्कार मिल गया। सुब्रत रॉय को अवार्ड मिलने का सिलसिला लगातार चलता रहा। 1994 में उद्दमश्री, 1995 कर्मवीर सम्मान, 2001 में राष्ट्रीय नागरिक पुरस्कार, 2002 सर्वश्रेष्ठ औद्योगिक पुरस्कार, 2002 वर्ष का उद्दमी पुरस्कार, 2004 को वैश्विक नेतृत्व पुरस्कार वर्ष 2007 का टी.वी आइकन पुरस्कार 2010 विशिष्ट राष्ट्रीय उड़ान सम्मान, 2010 में रोटरी इन्टरनेशनल द्वारा उत्कृष्टता के लिए व्यावसायिक पुरस्कार 2011 में लंदन में पॉवर ब्रांड्स हॉल ऑफ़ मेम अवार्ड्स में बिज़नेस आइकन ऑफ़ द ईयर अवार्ड 2013 में पूर्वी लंदन विश्वविद्यालय से बिज़नेस लीडर-शिप में मानद डॉक्टरेट की उपधि मिली। सुब्रत रॉय को कई संस्थाओं ने कई अवार्ड दिए। काश कोई संस्था घोटालेबाज़ी का अवार्ड भी दे देती। मतलब सुब्रत रॉय लेना ही सीखा है देना नहीं। सहारा इण्डिया पैरा बैंकिंग में सुब्रत रॉय ने ऐसी व्यवस्था बना रखी थी कि निवेशकों की स्कीम की समय सीमा पूरी होने पर उसके पैसों को दूसरे मद में कन्वर्ट कर दिया जाता था। आज यदि निवेशक और जमाकर्ता अपने भुगतान के लिए दर दर की ठोकरें खा रहे हैं, तो ये उनके पैसों का क्यू शॉप में कन्वर्ज़न कराना ही है।

दरअसल सुब्रत रॉय देश में ऐसा नाम बन चुका है कि उसकी शासनिक और प्रशासनिक पकड़ इतनी ज़बरदस्त है कि देश भर में उनके ख़िलाफ़ तमाम एफ़.आई.आर दर्ज होने के बावजूद उनका कुछ नहीं बिगड़ पा रहा है। सेबी से लेकर सुप्रीमकोर्ट तक को झाँसा देने में सुब्रत रॉय सफल होते प्रतीत हो रहे हैं। राजनीतिक दलों की बात करें तो सत्ता पक्ष और विपक्ष दोनों में सुब्रत रॉय की ऐसी पैठ है कि दर-दर की ठोकरें खा रहे निवेशकों और जमाकर्ताओं का साथ देने को कोई तैयार नहीं। दो लाख करोड़ से ऊपर का भुगतान बताने वाले निवेशक लगातार जहाँ आंदोलन कर रहे हैं. वहीं सुब्रत रॉय के साथ दूसरे निदेशको के ख़िलाफ़ भी मुक़द्दमें दर्ज करा रहे हैं। सेंट्रल रजिस्ट्रार से लेकर विभिन्न प्रदेशों के मुख्यमन्त्रियों सहकारिता मन्त्रालय देख रहे गृहमन्त्री श्री अमित शाह, प्रधानमन्त्री श्री नरेन्द्र मोदी और राष्ट्रपति श्रीमती द्रौपदी मुर्मू को भी भुगतान दिलाने के आवेदन भेजे जा रहे हैं सब कुछ हो रहा है। पर निवेशकों का भुगतान नहीं मिल पा रहा है। अभय देव शुक्ला की अगुवाई में चल रहे ऑल इण्डिया जन आंदोलन संघर्ष मोर्चा, मदन लाल आज़ाद के नेतृत्व में चल

रहे ठगी पीड़ित जमाकर्ता परिवार और अमन श्रीवास्तव की देख रेख में चल रहे अखिल भारतीय जन कल्याण मंच लगातार आंदोलन कर रहे हैं पर सुब्रत रॉय पर इन सबका की असर नहीं पड़ रहा है। दरअसल सुब्रत राय ने घोटाला तो ऐसा किया, कि उसने न तो निवेशकों को छोड़ा, न अपने जमाकर्ताओं को और न ही अपने कर्मचारियों को। यहाँ तक कारगिल में शहीद हुए हमारे सैनिकों के परिजनों को भी मदद देने के नाम पर अपने ही कर्मचारियों के साथ दस साल तक घोटाला किया यहाँ तक कि जेल से छुड़ाने के नाम भी अपने कर्मचारियों के साथ घोटाला किया। जेल से छुड़ाने के नाम पर भी सुब्रत रॉय अपने ही कर्मचारियों से की गई घोटाले की राशि लगभग 12.5 सौ करोड़ बताई जाती है। ये मुद्दा सहारा इण्डिया में आंदोलन होते समय जब आंदोलनकारियों का एक प्रतिनिधि मंडल तिहाड़ जेल में सुब्रत रॉय से मिला तो ये मुद्दा उठा। इस पर सुब्रत रॉय जवाब दिया था कि उन्हें किसी दूसरे मद में पैसों की ज़रूरत थी। इसलिए उन्होंने अपने कर्मचारियों को पत्र लिखा। दरअसल उस समय सुब्रत राय अपने कर्मचारियों को पत्र में लिखते हैं कि उनका स्वाभिमान जेल में बन्द है। मुझे छुड़ाने के लिए मेरी आर्थिक मदद करें। उस समय जब कई महीने से वेतन नहीं मिला था तो किसी कर्मचारी ने क़र्ज़ा लेकर तो किसी ने अपनी पत्नि के ज़ेवर बेचकर सुब्रत रॉय को जेल से छुड़ाने के लिए पैसे दिए पर सुब्रत रॉय ने वे पैसे सेबी को नहीं दिया बल्कि अपने ख़र्चे में लगा लिए। इस व्यक्ति ने नेताओं, ब्यूरोक्रेट्स, खिलाड़ियों, अभिनेताओं और अभिनेत्रियों सभी को मौज-मस्ती कराई पर जिनकी मेहनत से ये सब पैसा आ रहा था उनकों दर-दर की ठोकरें खाने के लिए छोड़ दिया गया। अब उनको पैसे देने को ये व्यक्ति तैयार नहीं है। सहारा सेबी विवाद में उलझाए हुए हैं।

दरअसल सुब्रत रॉय देश का वो उद्योगपति रहा है, जिसका दावा रहा है कि उन्होंने उत्तर-प्रदेश के गोरखपुर से मात्र दो हज़ार रुपए और 3 लोगों से अपना कारोबार शुरू किया था और देश में रेलवे के बाद सबसे अधिक रोज़गार देने वाला सहारा ग्रुप खड़ा किया। सुब्रत रॉय को वैसे तो सहरा में सहारा श्री कहकर बुलाते हैं पर वो अपने आपको सहारा परिवार का अभिभावक बताते हैं। मतलब एक अभिभावक ख़ुद तो मौज कर रहा है पर उसके वे परिजन जिन्होंने उसे बुलंदी पर पहुँचाया वे बेबसी व ज़लालत भरी ज़िन्दगी जी रहे हैं। हाँ सुब्रत

रॉय का अपना परिवार मौज में है। दरअसल सुब्रत रॉय ने वर्ष 1978 में सहारा की स्थापना की थी और 2004 तक सहारा कम्पनी भारत में सबसे सफल समूह में से एक बनकर खड़ी हो गई थी। सुब्रत रॉय का दावा था कि सहारा इण्डिया भारतीय रेलवे के बाद भारत का दूसरा सबसे बड़ा नियोक्ता है। इसमें दो राय नहीं कि दो दशकों के बाद सुब्रत रॉय की सहारा इण्डिया परिवार कम्पनी नई ऊँचाइयों पर पहुँच चुकी थी। ये कम्पनी का विस्तार रूप लेना ही था कि सुब्रत रॉय को भारत के 10 सबसे शक्तिशाली लोगों की सूची में शामिल किया गया था। इसके अलावा सहारा समूह देश भर में 5,000 से अधिक प्रतिष्ठानों में अपने संचालन का विस्तार कर लिया था। किसी समय सुब्रत रॉय का दावा था कि सहारा इण्डिया परिवार लगभग 1.4 मिलियन लोगों को रोज़गार दे रहा है। बताया जाता है कि सुब्रत रॉय अपने करियर की शुरुआत में अपने लैंब्रेटा स्कूटर पर नमकीन स्नैक्स बेचते थे। दरअसल सुब्रत रॉय ने गोरखपुर में एकल बस्ती के रूप में सहारा इण्डिया की स्थापना की थी। उन्होंने कारगिल शहीदों के 127 परिवारों को आर्थिक सहायता प्रदान करने का दावा किया था। वो बात दूसरी है कि कारगिल शहीदों के परिजनों को मदद देने के नाम पर दस साल तक सहारा कर्मचारियों के पैसे काटे गए थे।

ये अपने आप में दिलचस्प है कि सहारा इण्डिया 2002 से 2013 तक सबसे लम्बी अवधि के लिए भारतीय क्रिकेट टीम का आधिकारिक प्रायोजक भी रहा है। हालाँकि ये सब उस पैसे पर हो रहा था, जिसके लिए निवेशक व जमाकर्ता आंदोलन कर रहे हैं। दरअसल कुछ साल गोरखपुर में काम करने के बाद सुब्रत रॉय 1990 के दशक में लखनऊ चले गए थे। लखनऊ ही सहारा समूह का आधार बना। लखनऊ से ही सुब्रत रॉय को लॉन्च किया गया था। ये वो समय था कि सहारा का दबदबा कई क्षेत्रों में बढ़ गया था। सुब्रत रॉय का ये रुतबा वित्तीय सेवाओं रियल स्टेट, मीडिया, मनोरंजन, पर्यटन स्वास्थ देखभाल और आतिथ्य के क्षेत्रों तक था। 1992 में राष्ट्रीय अख़बार तो बाद सहारा टी.वी लॉन्च किया, जिसे बाद में 2000 में सहारा वन नाम दिया गया। आज की तारीख़ में सहारा समय के रूप में सहारा के चैनल को जानते हैं। सहारा इण्डिया के पास 10 करोड़ रुपए से अधिक निवेशक और जमाकर्ता बताए जाते हैं, जिनकी भारत में लगभग 13 प्रतिशत घरों में हिस्सेदारी बताई जाती है। ये भी अपने

आप में दिलचस्प है कि सहारा इण्डिया पैराबैंकिग पर जब रिज़र्व बैंक और सरकार शिकंजा कस दिया और सहारा निवेशक कई साल से अपने भुगतान के लिए सड़कों पर है तो 2019 में सहारा ने अपना इलेक्ट्रिक वाहन E.V ब्रांड सहारा इवॉल्स नाम से लॉन्च किया है।

सहारा से जुड़ी हुई एक ऐसी घटना जिसे मैंने अपने आँखों के सामने घटित होता देखा-

एक सज्जन सहारा के लिए एजेंट के रूप में कार्य करते थे वो अपने आस-पास के लोगो को सहारा की स्किम के बारे में बताकर सैकड़ों लोगों के पैसे सहारा में निवेश करवा दिए जो सभी के मिलाकर लगभग 20 से 25 लाख रुपए होते हैं समय बीता और निवेश किए हुए पैसे मेच्योर होने का वक़्त आ गया लोग उन सज्जन से अपने पैसो की माँग करने लगे लेकिन अब तक सहारा श्री सुब्रत रॉय दिवालिया हो चुके थे। वे पैसे देने से हाथ उठा चुके थे। इस कारण वो सज्जन लोगों को क्या कहते और पैसे भी कहा से देते क्योंकि पैसे आने की कोई उम्मीद नहीं दिख रही थी। उन सज्जन ने लोगो से कुछ समय माँगा पहले तो लोग कतराए फिर उन सज्जन व उनके परिवार की प्रतिष्ठा के कारण लोगों ने उन्हें कुछ महीनों की मोहलत दे दिया लेकिन समय बीतता गया और कुछ नहीं हुआ बल्कि लोग सहारा श्री के दिवालियापन से भी अब तक पूर्ण रूप से वाक़िफ़ थे और जैसे ही लोगों के सब्र का बाँध टूटा वो उन सज्जन पर चढ़ाई कर दिए जिन्होंने उनका पैसा निवेश में लगाया था और कुछ निश्चित समय में वापस करने का आश्वासन दिया था। इसके उपरान्त देखते-देखते लोग उन सज्जन के घर तक पैसे के लिए चढ़ाई करने लगे डर के कारण वो सज्जन घर से भाग कर दूसरी जगह रहने लगे इस पर लोग उनके परिवार को जान से मारने की धमकी देने लगे और प्रताड़ित करने लगे इन सबसे परेशान होकर उन सज्जन ने अपनी पुस्तैनी ज़मीन बेचकर लोगों के पैसे चुकाए तब जाकर उनकी जान बच पाई। ज़रा सोचिए सहारा समूह के इस घोटाला से आम लोगों के जीवन पर इस क़दर छाप पड़ी कि कई लोग तो बर्बाद होकर रोड पर आ गए हैं और कई लोगों की आँखें तो इस आशा में सिथिल पड़ चुकी है कि पैसे मिलने पर बेटी की शादी करेंगे और देखते-देखते उनकी बेटी की उम्र बढ़ती जा रही है तो कई लोग सोच

रहे हैं पैसे मिलेंगे तो घर बनाएँगे इन पैसों से लोगों की आशाएँ जुड़ी हैं। सहारा समूह ने पैसों का घोटाला नहीं किया अपितु लोगों की भावनाओं व विश्वास के साथ घोटाला किया। ये केवल पैसे नहीं हैं किसी ग़रीब के ज़िन्दगी भर की बचत है, किसी बच्चे के सुनहरे भविष्य का सपना है, किसी बुज़ुर्ग के बुढ़ापे की रोटी है कोई भी निवेशक हो सब की आशा व विश्वास है अधूरे कार्य को पूरा हो जाने का एहसास है। सहारा समूह ने हद कर दी सभी घोटालेबाज़ घोटाला तो करते थे लेकिन उनका घोटाला लोगों को इस क़दर नहीं तोड़ता था जिस क़दर सहारा व सुब्रत रॉय ने तोड़ा है क्योंकि बड़ी प्रचिलित कहावत है-

"लोहे व सोने को लोहे की हथौड़ी से पीटा जाता है तो लोहे में से ज़्यादा आवाज़ आती है क्योंकि लोहा लोहे का अपना होता और सोना पराया होता है" इसी प्रकार लोगों ने सहारा को अपना माना था इसके बावजूद इतना बड़ा घोटाला।

अभी तक आप लोगों के समक्ष एक घटना का ज़िक्र किया न जाने कितनी ऐसी घटनाएँ हैं यहाँ तो चोट एक अकेले व्यक्ति को पड़ी जिसके कारण उसके पूर्वजों तक की कमाई नष्ट हो गई जाने कितने ऐसे हैं जो पैसा पाने की आशा तक छोड़ चुके हैं कुछ तो लोगों पर विश्वास करने से डरने लगे हैं। सहारा समूह व सुब्रत रॉय जैसे लोग मानव सभ्यता को गर्त की ओर ढ़केल रहे हैं। स्वतः जागरुक बनिए और लोगों को भी जागरुक बनाइए स्वतः ही घोटाले कम होने लगेंगे।

सहारा समूह और सुब्रत रॉय का मामला लंबे समय से माननीय उच्चतम न्यायालय में विचाराधीन था और अब वर्तमान में पीड़ित जमाकर्ताओं को न्याय मिले इसलिए माननीय उच्चतम न्यायालय ने शख्ति के साथ सहारा (Sahara) निवेशकों का फंसा पैसा जल्द वापस देने का आदेश दिया। दरअसल सुप्रीम कोर्ट ने सेबी सहारा विवाद (SEBI-SAHARA FUND) के 24000 करोड़ रुपये के फंड पर केंद्र की याचिका को मंजूरी दे दी। सरकार ने सुप्रीम कोर्ट में याचिका दायर की थी कि सहारा-सेबी के 24 हजार करोड़ रुपये के फंड में से 5000 करोड़ रुपये का फंड आवंटित किया जाए, ताकि सहारा के निराश निवेशकों को उनका फंड वापस किया जा सके। माननीय उच्चतम न्यायालय के

इस फैसले से लोगों के मन में आशा कि लहर का प्रवाह हो गया है और इस फैसले के उपरांत केंद्र सरकार भी शख्त नजर आ रही है। केंद्रीय सहकारिता मंत्री श्री अमित शाह जी द्वारा लोगों के पैसे वापस करने के लिए "सीआरसीएफ सहारा रिफंड पोर्टल" की शुरुवात की गयी जिसकी मदद से 1.7 करोड़ जमाकर्ताओं को 45 दिन के अंदर 10 हजार तक का भुगतान करने का आश्वासन दिया गया है।

मुझे आशा है परम आदरणीय माननीय उच्चतम न्यायालय के लोक हित में दिये गए इस फैसले और केंद्र सरकार के सहयोग से पीड़ितों को जल्द से जल्द फंसी हुयी सम्पुर्ण राशि मिल जायेगी।

इस महान कार्य के लिए परम आदरणीय माननीय उच्चतम न्यायालय और केंद्र सरकार को कोटि-कोटि धन्यवाद क्योंकि इनकी पीड़ितों को अवसाद से बाहर निकालने की पहल सराहनीय है।

वर्तमान में व्याप्त ठगी की रोंगटे खड़े कर देने वाली कहानियाँ

अध्याय-9
साइबरठगी

भारतीय ठगी जगत के तीसरे हिस्से वर्तमान में व्याप्त ठगी की रोंगटे खड़े कर देने वाली कहानियों का पहला सबसे मशहूर नाम किसी एक अकेले व्यक्ति का नहीं आता, अपितु तकनीकी माध्यमों का उपयोग करके जो लोग ठगी करते हैं उन सभी लोगों का आता है। अब तक तो आप समझ गए होंगे कि इस अध्याय में ठगी के कौन से सिरे से पर्दा उठेगा और अगर नहीं समझ पाए है तो मैं स्पष्ट कर देना चाहता हूँ कि इस अध्याय में साइबर ठगहारों द्वारा कारित साइबर ठगी का जीवन्त चित्रण किया जाएगा। मित्रो जब बात साइबर ठगी कि हो रही है तो कुछ बड़े रोचक प्रसंग याद आते जिनके कारण मेरे अंतःकरण ने मुछे ये पुस्तक "भारतीय ठगहारों की कहानी" लिखने को प्रेरित किया। इस पुस्तक को आधार बना कर अपने शब्दों के माध्यम से उन घटनाओं को आप सभी के समझ चरितार्थ कर रहा हूँ। हालाँकि इन घटनाओं से मेरे ऊपर कोई प्रभाव नहीं पड़ा क्योंकि ठग मेरे साथ ठगी करने में सफल नहीं रहे फिर भी इन बातों को लिखने का मेरा केवल इतना उद्देश्य है कि आप के साथ ठगी जैसी घटना न घटे।

9.1- आइए जानते हैं उस पहली घटना को जिसके कारण मैं ये पुस्तक लिखने को विवश हुआ-

मित्रों तक़रीबन 3 वर्ष पहले की बात एक दिन दोपहर में मेरे पास एक फ़ोन आया मैंने उठाया उस पर कोई प्रतिक्रिया नहीं हुई मैं हैलो-हैलो करता रहा पुनः एक बार फ़ोन बजा मैंने फ़ोन उठाया दूसरी तरफ़ से आवाज़ आई बधाई हो श्रीमान आप कौन बनेगा करोड़पति की तरफ़ से 25 (पच्चीस लाख) का इनाम जीत चुके हैं मैंने आश्चर्य में पूछा लेकिन मैंने तो KBC खेला ही नहीं तो मैं KBC की तरफ़ से इनाम कैसे जीत सकता हूँ दूसरी तरफ़ से उत्तर मिला सर बिल्कुक आपने KBC नहीं खेला ये इनाम तो आपका लकी-ड्रा में निकला है। मुझसे रहा नहीं गया मैंने पुनः पूछा कैसा लकी-ड्रा मैंने तो किसी लकी-ड्रा में भी हिस्सा नहीं लिया दूसरी तरफ़ से उत्तर मिला Reliance Jio कम्पनी और कौन बनेगा करोड़पति के उच्च पदासीन अधिकारियों ने कुछ सीमित फ़ोन नम्बर का चयन किया है और वो कूपन नम्बर बुक कर रहे हैं और उन सभी कूपन नम्बर को हमारे सिस्टम में अपलोड करके केवल सौ लोगों का चयन होगा जिसमें आपका कूपन संख्या 2,379 है जिसका पच्चीस लाख का इनाम लगा है। एक बार पुनः आपको बहुत-बहुत बधाई हो मैं अन्दर की बात जानने के लिए उसकी बधाई स्वीकार करते हुए धन्यवाद बोला और पूछा राशि मुझे कैसे प्राप्त होगी तो दूसरी तरफ़ से उत्तर आया आप अपने आधार-कार्ड की फ़ोटो बैंक पासबुक की फ़ोटो, एक फ़ोटो और हस्ताक्षर की एक फ़ोटो भेज दीजिए इसी व्हाट्सऐप नम्बर पर , चुंकि मुझे फ़ोन व्हाट्सऐप ऑडियो कालिंग पर आया था इसलिए मैंने कहा ठीक है परन्तु एक समस्या है दूसरे व्यक्ति ने कहा क्या, इस पर मैंने जवाब देते हुए कहा मेरा बैंक में खाता तो है नहीं फिर मैं आपको बैंक पासबुक के पहले पेज की फ़ोटो कैसे भेज सकता हूँ। इस बात को सुनकर सामने से हँसने की आवाज़ आने लगी और प्रक्रिया में उसने कहा सर मज़ाक़ न करें आज के समय में आपका बैंक खाता नहीं है वो भी ऐसे व्यक्ति का जो व्हाट्सऐप चलाता हो मैंने कहा व्हाट्सऐप व बैंक खाते से क्या सम्बन्ध है कृपया इसे मुझको समझाने का कष्ट करें तो सामने से उत्तर आया चलिए मैंने मान लिया कि आपका बैंक खाता नहीं है तो किसी परिवार के सदस्य के बैंक खाते की डिटेल उनके आधार की फ़ोटो, हस्ताक्षर फ़ोटो भेज दीजिए। इस पर मैंने कहा यहाँ खाने के पैसे नहीं है किसी

तरह दोनों मिटिंग खाते हैं और आप बैंक खाते की बात करते हैं मेरे परिवार में किसी सदस्य का कोई बैंक खाता नहीं है फिर उस दूसरे व्यक्ति ने कहा आपके किसी दोस्त या रिश्तेदार के सारे दस्तावेज़ भेज दीजिए हम आपके पच्चीस लाख उनके खाते में भेज देंगे। ये बाते सुनकर मैंने उससे पूछा जब इनाम मैं जीता हूँ तो इनाम की राशि दूसरा कोई कैसे प्राप्त कर सकता है और उसके खाते में पैसे कैसे जा सकते हैं तो दूसरी तरफ़ से व्यक्ति ने कहा हम आपकी स्वीकृति पर पैसे दे रहे हैं आप एक सादे पेपर पर लिख कर हस्ताक्षर करके व्हाट्सऐप कर देंगे पैसे भेजने के लिए और हम पैसे भेज देंगे इस पर मैने अपना अगला प्रश्न पूछा जब विजेता मैं हूँ तो दस्तावेज़ व हस्ताक्षर तो मेरे लगेंगे लेकिन आप कहते हैं तो मैं किसी का खाता संख्या और आई.एफ़.एस.सी कोड भेज देता हूँ इस बात पर सामने से उत्तर आया नहीं सर जिनके खाते में पैसे जाएँगे उन्हीं के सारे दस्तावेज़ लगेंगे इस पर मैंने कहा आप सिद्ध कैसे करेंगे कि लॉटरी किसकी लगी है मोबाइल नम्बर मेरा और पैसे किसी और को ऐसा कीजिए आप डिमांड ड्राफ्ट बना कर कोरियर से या डाक से भेज दीजिए इतने में दूसरी तरफ़ से उत्तर आया सर आप मेरी बात को समझ नहीं रहे हैं या समझने की कोशिश नहीं कर रहे हैं। आपको सारी बात समझाने के लिए व इनाम के पैसे आपको दिलाने के लिए मैं आपकी बात अपने सीनियर राणा प्रताप जी से करवाता हूँ वो भारतीय स्टेट बैंक के डायरेक्टर हैं वही आपके इनाम की राशि को एप्रुवल भी देंगे उनसे आपकी बात अन्तिम चरण में होनी थी लेकिन आपके असन्तुष्ट होने के कारण अभी बात करा रहा हूँ। आगे मैंने पूछा राणा प्रताप जी कब फ़ोन करेंगे इस पर सामने से उत्तर मिला इन्तज़ार कीजिए अगले 24 घंटे में आपकी उनसे बात होगी इतना कहते हुए उस व्यक्ति ने फ़ोन काट दिया। लगभग 40-45 मिनट बाद उसी नम्बर से पुनः व्हाट्सऐप ऑडियो कॉलिंग आने लगी मैंने उठाया तो सामने से आवाज़ आई पच्चीस लाख की लॉटरी जीतने पर आपको बहुत-बहुत बधाई सर मैं धन्यवाद व्यक्त करते हुए आश्चर्य में पूछा आप कौन सामने से आवाज़ आई मैं भारतीय स्टेट बैंक से राणा प्रताप बोल रहा हूँ सर आपकी पच्चीस लाख की धनराशि आपके खाते में ट्रान्सफ़र करने के सन्दर्भ में बात करना चाहता हूँ। क्या ये सही समय है? मैंने कहा जी बताएँ सामने से प्रतिक्रिया में उत्तर मिला सर जैसा कि हमारे बैंक के कर्मचारी रंणजय ने आपको पहले ही सारी बाते बता

दी है कि आपके नम्बर पर पच्चीस लाख का इनाम लगा है। इसके लिए कुछ डाक्यूमेन्ट लगेंगे मुझे आपके खाते में पैसे भेजने के लिए आप सारे डाक्यूमेन्ट भेज दीजिए जैसा रणंजय ने भेजने को कहा था अगर आपको कोई समस्या हो तो कह सकते हैं इस पर मैंने कहा महोदय मेरा बैंक में खाता नहीं है। बाक़ी के सारे डाक्यूमेन्ट भेज देता हूँ आप डी.डी या चेक बनाकर दे दीजिए जहाँ आप कहें वहाँ मैं आ जाऊँ या मैं आपको अपना पता दे दूँ और आप डाक से डी.डी/चेक भेज दे। जिसमें आपको सहजता हो वही कीजिए इस पर सामने से उत्तर आया सर हम ऐसा नहीं कर सकते हम केवल पैसे खाते में ही ट्रान्सफ़र कर सकते हैं यही लॉटरी का नियम है हमें के.बी.सी और भारत सरकार को उत्तर देना पड़ता है। आप अपने किसी दोस्त-रिश्तेदार का बैंक खाता संख्या IFSC कोड व सारे डाक्यूमेन्ट भेज दीजिए हम पैसे भेज देंगे। इस पर मैंने पूछा राणा प्रताप जी जब इनाम मैं जीता हूँ तो दूसरे के डाक्यूमेन्ट क्यों चाहिए, मान लीजिए मेरा खाता न होने की दशा में आप मेरा पैसा मेरे रिश्तेदार के खाते में डालेंगे यहा तक तो ठीक है लेकिन उनके डाक्यूमेन्ट क्यों चाहिए इस पर सामने से उत्तर मिला सर आप हमारी बातों को समझ नही रहे हैं, के.बी.सी ने हमारे बैंक को आपके पैसे दे दिए हैं। हम वेरिफ़ाई जाँच करने के लिए आपके मित्र/रिश्तेदार के डाक्यूमेन्ट माँग रहे हैं। इस पर मैंने कहा महोदय जब आपके पास पैसे आ गए हैं तो आप ये पैसे अपने खाते में डाल लीजिए और इनकम टैक्स ,जी.एस.टी काटने के बाद जो राशि बचे वो आधी आप रख लीजिए और आधी आप मुझे दे दीजिए कैश में जहाँ आप कहें वहाँ मैं मिल लूँगा इस पर सामने से ग़ुस्से भरे स्वर में उत्तर मिला सर बैंक का नियम होता है जो आप कहेंगे वो हम नहीं कर सकते आपको पैसे चाहिए या नहीं मैं हँसते हुए बोला महोदय जो आप कहें मेरे साथ ठगी करने के लिए वो बैंक के नियम और मैं बचने के लिए जो कहूँ वो मूर्खता मुझे आपके पैसे नहीं चाहिए। आप इस पैसे को प्रधानमन्त्री राहत कोष में दे दीजिए इस पर सामने से व्यक्ति ने गाली देते हुए फ़ोन काट दिया।

9.2- आइए प्रकाश डालते हैं उस दूसरी घटना पर जिसके कारण ये पुस्तक लिखने का विचार मेरे मन उत्पन्न हुआ-

लगभग 4-5 महीने पहले की बात है मैं बैठा था कुछ लोगों के साथ तो किसी ने बताया कि अपने यहाँ भारतीय स्टेट बैंक की शाखा खोलने व ATM मशीन लगाने के लिए जगह तलाश की जा रही है तो मैंने कहा यार बैंक शाखा के लिए जगह तो मेरे पास नहीं है पर ATM लगाने के लिए जगह है मेरा चौराहे वाला मकान कैसे लगेगा? बताओ मैं प्रयास करता हूँ लग जाएगा तो कुछ पैसे ही मिलेंगे इस पर एक व्यक्ति ने कहा इसके लिए आपको (भारतीय स्टेट बैंक) के आधिकारिक वेबसाइट पर ATM लगवाने के लिए आवेदन फॉर्म भरना पड़ेगा इसके उपरान्त वो आपके द्वारा दी गई जानकारी पर विचार कर उस पर जाँच करेंगे तद्उपरान्त आपको ज़िले के भारतीय स्टेट बैंक के मुख्यालय पर बुलाया जाएगा और कुछ नियम व शर्तों के साथ वो आपके मकान में ATM मशीन लगा देंगे। इसे सुनकर मैं बहुत ख़ुश हुआ कि बड़ा साधारण तरीक़ा है और मैंने अपने मित्रो से कहा ठीक है मैं आज ही आवेदन करता हूँ और बहुत जल्द ATM मशीन लगवा भी लूँगा। इसके बाद अगले दिन सुबह 10 बजे मैंने उस website पर आवेदन कर दिया जिस पर मेरे मित्रो ने आवेदन करने को बताया था और आवेदन करने के उपरान्त मैं बहुत प्रसन्न था कि मैं सफलता की ओर एक क़दम बढ़ा चुका हूँ। लगभग 20 घंटे बिते होंगे मेरे पास एक फ़ोन आया मैंने उठाया और सामने से आवाज़ आई- सर मैं भारतीय स्टेट बैंक से अकरम बोल रहा हूँ आपने ATM लगवाने के लिए आवेदन किया है उसी सन्दर्भ में बात करने के लिए मैंने फ़ोन किया है क्या ये सही समय है बात करने के लिए मैंने बड़ी प्रसन्नता के साथ कहा जी बिल्कुल सही समय है बताइए सामने से व्यक्ति ने पूछा, "क्या आपने ATM लगवाने के लिए आवेदन किया है। इस पर मैनें कहा जी हाँ" इसके उपरान्त मेरे हाँ बोलते ही सामने से अगला प्रश्न किया गया। आपने फॉर्म में जो पता दिया है इसके कितनी दूरी पर दूसरा ATM लगा है इस पर मैंने कहा भारतीय स्टेट बैंक का ATM 7 km दूरी पर और इण्डिया न0-1 ATM 5 km पर बैंक ऑफ़ बडौदा ATM 5km दूरी पर लगा है तो सामने से व्यक्ति ने कहा ठीक है तब तो आपके यहाँ ATM लग जाएगा क्योंकि जो पता आपने ATM लगवाने के लिए अंकित किया है वहाँ ATM लगावने व

बैंक शाखा खोलने के लिए स्थान पहले से तलाश किया जा रहा है आप मुझे कुछ दस्तावेज़ भेज दीजिए जिससे मैं प्रक्रिया को आगे बढ़ा सकूँ। मैंने कहा जी आप बता दें कौन-कौन दस्तावेज़ लगेंगे मैं आपको कुछ समय में भेज दूँगा सामने से व्यक्ति ने कहा जहाँ आपको ATM लगवाना हो उस जगह का ओरिजिनल रजस्ट्री के काग़ज़ात, बिजली बिल, जिसके नाम लगवाना हो उसका आधार-कार्ड, पैन-कार्ड, बैंक पासबुक, फ़ोटो मकान की फ़ोटो सभी मेरे इसी नम्बर पर व्हाट्सऐप कर दीजिए इसके बाद हम वेरिफ़िकेशन करके आपको बताते हैं। अब तक मैं बात कर रहे व्यक्ति कि बातों में पूर्ण रूप से आ चुका था और पूर्ण विश्वास हो चुका था कि अब ATM अवश्य लग जाएगा इसी भ्रम में मैं एक घंटे के अन्दर सारे दस्तावेज़ जैसा व्यक्ति ने बताया था उसके व्हाट्सऐप पर भेज दिया। इसके उपरान्त अगले दिन मुझे उसी व्हाट्सऐप नम्बर से एक लेटर प्राप्त हुआ जो ATM लगवाने के लिए भारतीय स्टेट बैंक द्वारा स्वीकृति पत्र था इसे देखकर मैं बहुत प्रसन्न हुआ और उन लोगों को फ़ोन करके बताने लगा जिन लोगों ने मुझे ATM लगवाने के बारे में बताया था। उनमें से मेरे एक शुभचिंतक ने मुझसे कहा देखो भाई ख़ुश मत हो अभी दो दिन पहले ही तुमने आवेदन किया और आज स्वीकृति मिल गई ये आश्चर्यजनक है क्योंकि पूरी कार्यवाही पूर्ण होनें में लगभग 45 से 60 दिन लगते हैं ये कोई ठग है आगे उसकी बातों में मत आओ और सावधान रहो उस वक़्त मुझे उनकी ये बात बहुत बुरी लगी और मुझे लगा हो सकता है ये जलन-ईर्ष्या के कारण ऐसा कर रहे हो ये नहीं चाहते कि मेरे पास आय के एक नए साधन की उपलब्धता हो, इसके साथ ही मेरे मन में ये भी चलने लगा कहीं सारे दस्तावेज़ देकर मैने ग़लत तो नहीं किया कहीं मुझसे बात करने वाला वाक़ई में ठग तो नहीं इसी जद्दोजहद में उलझा मैं बैठा था तब तक मेरे पास एक फ़ोन आया मैंने उठाया तो सामने से आवाज़ आई सर मैं अकरम बोल रहा हूँ, हमारी बात हुई थी इस पर मैंने कहा जी अकरम जी बताइए कैसे याद किया तो इस पर अकरम ने कहाँ सर आपको भारतीय स्टेट बैंक द्वारा ATM लगवाने के लिए स्वीकृति मिल गई है अब कुछ औपचारिकताएँ पूर्ण कराने के बाद हम ATM लगवा देंगे आपके द्वारा दी गई जगह पर इस पर मैंने कहा ठीक है लेकिन अब कैसी औपचारिकताएँ इस पर सामने से उत्तर मिला देखिए सर हमारा बैंक आपको दस लाख रुपए देगा उस जगह को व्यवस्थित

रूप से बनवाने लाइट का काम कराने AC लगवाने व जनरेटर लगवाने के लिए जहाँ ATM लगेगा। इसके अलावा जहाँ ATM लगेगा वो ग्रामीण क्षेत्र है तो आपको उस जगह का 18-20 हज़ार रुपए किराया मिलेगा और प्रत्येक वर्ष 10 प्रतिशत किराया बढ़ेगा इसके अलावा हमारा और आपका एग्रीमेन्ट होगा दस वर्षों के लिए कि आप अपना मकान हमारे बैंक को ATM लगवाने के लिए देंगे इसके बदले में हम आपको 50 लाख रुपए देंगे और जब हमारा एग्रीमेन्ट समाप्त होगा तो आप 50 लाख रुपए बैंक को वापस करेंगे और अगर दूसरा एग्रीमेन्ट करते हैं तो ये पैसे आप उस निश्चित समय के लिए रख सकते हैं जब तक एग्रीमेन्ट पूर्ण नहीं हो जाता है। इन सभी बातों को वैध प्रारूप देने के लिए कुछ काग़ज़ात बनेंगे जिनका ख़र्च लगभग 30,000 हज़ार रुपए है इसके साथ ही हमारे बैंक के कुछ अधिकारी उस जगह का दौरा करेंगे जहाँ ATM लगेगा उनके दौरे का ख़र्च 15,000 हज़ार रुपए और ATM लगाने के लिए एक लाख रुपए पहले आपको देने होंगे, तो आप कुल एक लाख पैंतालीस हज़ार रुपए हमें भेज दीजिए खाता संख्या और आई.एफ़.एस.सी कोड मैं आपको बता देता हूँ। इस पर बेहद आश्चर्य के साथ मैंने बोला अकरम जी ATM लगवाने का तो कोई चार्ज लगता नहीं फिर आप इन पैसो की माँग क्यों कर रहे हैं इस पर सामने से उत्तर मिला जी सर बिल्कुल आप ठीक कह रहे हैं। ATM लगवाने के लिए कोई पैसे नहीं लगते परन्तु ये एक सिस्टम का हिस्सा है आप जो राशि हमें देंगे वो हम आपको दी जाने वाली 60 लाख की राशि के साथ वापस कर देंगे। इस पर मैंने कहा जब आपके बैंक को 1 लाख 45 हज़ार रुपए वापस ही करने हैं तो फिर आप इन पैसो की माँग क्यों कर रहे हैं मेरे इन प्रश्नों पर सामने से कुछ समय के ठहराव के बाद उत्तर मिला देखिए सर अगर हमारा बैंक एग्रीमेन्ट के काग़ज़ात बनाकर अधिकारियों का दौरा करवा देता है उसके बाद ATM आपके यहाँ लगने के लिये पहुँचता है इसके बाद आप ATM लगवाने से मना कर देते हैं तो हमारे बैंक को बहुत घाटा लगेगा इससे बचने के लिए हमारा बैंक ने ये सिस्टम बनाया है और ATM लगने के बाद हम पैसे वापस तो कर ही देंगे इस पर मैंने कहा मैं ATM लगने से क्यों मना करने लगा मुझे तो पैसे ही मिलेंगे मेरी ये बात सुनकर सामने से अकरम ने कहा इसमें मैं कुछ नहीं कर सकता ये हमारे बैंक की पॉलिसी है आपको ये पैसे जमा करने पड़ेंगे इस पर मैंने कहा ठीक है मैं आपको कुछ समय में सोच कर बताता हूँ। इसके बाद मेरे दिमाग़ में

वो सारी बातें याद आने लगी जो मेरे एक शुभचिन्तक मित्र ने कहीं थी जो मैंने पिछले पृष्ठ पर लिखी है ये सोचते-सोचते मैंने अपने उसी मित्र को फ़ोन किया और सारी बातें बताईं इस पर मेरे मित्र ने कहा भाई एक रुपए मत देना ये लोग ठग हैं और जो डाक्यूमेन्ट भेजे हैं उन्हें तुरन्त डिलिट कर दो और एक बार उसके द्वारा दिए गए स्वीकृति पत्र को ध्यान से पढ़ो उसी में तुम्हें उसके ठग होने का प्रमाण मिल जाएगा। इसके बाद मैंने स्वीकृति पत्र खोलकर देखा और मैंने पाया कि मेरे शुभेच्छु मित्र की बात सच निकली उस स्वीकृति पत्र पर sbi का जो लोगो था वो वैसा नहीं था। जैसा वास्तव में होता है दूसरी बात भारतीय स्टेट बैंक को मुख्यालय ग़लत जगह पर प्रदार्शित किया गया था। अब मेरा सन्देह यक़ीन में बदल चुका था कि वो लोग जो मुझसे बात कर रहे हैं वो ठग हैं उसके बाद लगभग 2 घंटे बीते होंगे अकरम का फ़ोन फिर आया और वो बोले सर आपने अभी तक पैसे नहीं भेजे है, क्या आपको ATM मशीन नहीं लगवानी है इस पर मैंने कहा नहीं लगवाना क्योंकि आप लगवा ही नहीं सकते और जितना आप परेशान हैं उतना कोई बैंक का कार्मचारी परेशान नहीं होता वो एक बार फ़ोन करके भारतीय स्टेट बैंक के मुख्यालय पर बुला लेते फिर मैं पहुचता या नहीं उन्हें कोई परवाह नहीं क्योंकि मेरे जैसे अनेक लोग हैं उनके पास ATM मशीन लगवाने के लिए जगह देने वाले। इसके आगे मैंने सीधा सवाल किया।, "क्या मिलता है किसी के साथ ठगी करके"? इस पर दूसरी तरफ़ से व्यक्ति ने कहा पैसे उसकी ये बात सुनकर मैं आश्चर्य से भर उठा और दूसरा प्रश्न पूछते हुए मैंने कहा आप अपने स्वार्थ के लिए न जाने कितने लोगों के साथ मानसिक व आर्थिक क्षति कारित करते हैं ये तो उचित नहीं इस पर सामने से व्यक्ति ने कहा ज़्यादा ज्ञान मत दो मैं चाहूँ तो तुम्हारा बैंक खाता हैक करके सारे पैसे ट्रान्सफ़र कर सकता हूँ मैंने कहा कैसे तो उसने बताया हमारी जितनी देर बात हुई है केवल उसी के आधार पर आपके फ़ोन से जुड़ीं सारी जानकारी इक्कठा कर चुके हैं और चाहे तो जो मैसेज व ओ.टी.पी आपके फ़ोन मे आ रहा है वो मेरे सिस्टम में दिखाई दे सकता है इसलिए शान्त रहो तुम्हें अब जब सब मालूम हो गया है तो तुम पैसे मत दो लेकिन ज़्यादा नेता मत बनो इसके बाद फ़ोन कट गया। ये तो हो गई साइबर ठगी जगत की दो घटनाएँ जो मेरे साथ घटित हुईं अब बात करते हैं साइबर ठगी की जो समाज में घटित हो रही है इनसे बचने के तरीक़े के बारे में आइए जानते हैं।

9.3- आइए जानते हैं उस तीसरी घटना को जिसके कारण ये पुस्तक लिखने का विचार मेरे मन में उत्पन्न हुआ-

ये घटना 5 जून 2023 की है एक स्नातक की 18 वर्षीय छात्रा के पास व्हाट्सएप्प पर एक मैसेज प्राप्त होता है जो कुछ इस प्रकार था "पेन्सिल कम्पनी में वर्क फ्रॉम होम की नौकरी के सन्दर्भ" में उसमें ये दर्शाया गया था कि अगर आप पेन्सिल कम्पनी में work-from-home करना चाहते हैं तो अपने सारे डॉक्यूमेन्ट आधार-कार्ड, बैंक डिटेल, फ़ोटो और ज़रूरी दस्तावेज़ भेज दीजिए इसके उपरान्त पेन्सिल कम्पनी आपके घर पेन्सिल भेजेगी जिसकी पैकिंग करके आपको पेन्सिल के डब्बे कम्पनी में वापस भेजना होगा इसके लिए आपको प्रत्येक सप्ताह पैकिंग के आधार पर सैलरी मिलेगी लड़की कौतूहलवश ये जानने के लिए ये नौकरी कैसे मिलेगी उस मैसेज का उत्तर दे देती है जिसके उपरान्त उसके पास फ़ोन आना शुरू हो जाता है फ़ोन पर बात कर रहा व्यक्ति अपना नाम सुमित बताता है और पहचान पत्र माँगने पर कृष्ण प्रताप सिंह के नाम से अपना पहचान पत्र देता है इस पर लड़की को पहले शक होता है लेकिन वो ठग के मीठी बातों की जाल में फँस जाती है जब ठग कहता है कृष्ण प्रताप सिंह वास्तविक नाम है और सुमित उपनाम है और इसके बाद वो ठग लड़की को लालच देता है और उसी लालच में आकर लड़की सारे दस्तावेज़ भेज देती है जो फ़ोन पर सामने से बात कर रहे ठग ने माँगे थे बिना ये सोचे हुए कि सामने से बात कर रहा व्यक्ति ठग हो सकता हैं इसके उपरान्त रजिस्ट्रेशन के नाम पर ₹620 की माँग की जाती है जो लड़की द्वारा दे दिया जाता है तदुपरान्त कुल 6 क़िस्तों में अलग-अलग तरीक़ों से पैसे की माँग की जाती है जिसमें पहली क़िस्त में ₹2,299 दूसरी क़िस्त में ₹2,250 तीसरी क़िस्त में ₹2,000 चौथी क़िस्त में ₹6,250 पाँचवी क़िस्त में ₹9,630 और आख़िरी क़िस्त में ₹10,125 जो कुल मिलाकर ₹33,174 होते हैं। ये वो धनराशि जो लड़की द्वारा ठग को दे दिया जाता है बिना ये सोचे हुए कि सामने कोई ठग है। इस सिलसिले के बाद जब लड़की कॉलेज से घर देर से पहुँचती है और उसे घबराया हुआ देखकर उसके परिजन कारण जानने की कोशिश करते हैं तो लड़की डरवश कुछ नहीं बताती परन्तु काफ़ी देर मशक्कत करने के बाद पता चलता है कि लड़की को किसी ने बहला कर ₹33,174 की ठगी कर ली है। परिजन बच्ची से ये पूछते हैं कि तुम्हें ऐसा क्यों नहीं लगा कि सामने कोई ठग है तो उसने जवाब दिया कि

सामने से बात कर रहे व्यक्ति ने आश्वासन दिया था कि वो नौकरी देगा और पहली तनख़्वाह के साथ मेरे द्वारा दिए गए पैसे वापस कर देगा। इसके बाद लड़की कहती है, "घर की माली हालत को देखते हुए मैंने उसे ये पैसे दे दिया था ये सोच कर कि काम मिलने के बाद पैसे तो मिल ही जाएँगे" इससे घर की स्थिति भी सुधर जाएगी। इसके उपरान्त परिजन लड़की से पूछते हैं जब एक-दो बार पैसे भेजने पर तुमसे और पैसे की माँग हुई तो तुम्हें ऐसा नहीं लगा कि कुछ ग़लत हो रहा है तो इस पर लड़की कहती है लगा था पर पैसे फँसने के कारण मैंने सोचा अगर और पैसे देकर काम बन जाता है और दिए गए पैसे बर्बाद नहीं होंगे यही सोचकर मैं पैसे देती रही। इसके उपरान्त ठग पुनः फ़ोन करके 18 परसेंट जी.एस.टी की माँग करता है जिसे लड़की देने से मना करती है तो ठग बत्तमीज़ी से बात करते हुए फ़ोन काट देता है।

इतनी सारी घटनाओं को देखते हुए लड़की के परिजनों ने क्राइम ब्रांच में इसकी शिकायत दर्ज कराई शिकायत दर्ज होने के उपरान्त क्राइम ब्रांच ने आश्वासन दिया कि हम दोषी को जल्द से जल्द पकड़ लेंगे।

दोषी पकड़ा जाए या न पकड़ा जाए इस बात को दूसरी तरफ़ रखते हैं लेकिन ज़रा सोचिए ये घटना एक बच्ची के साथ हुई जो मानसिक रूप से उतनी परिपक्व नहीं जितना एक वयस्क व्यक्ति होता है जब ठग वयस्क को आसानी से ठग लेते हैं तो फिर बच्ची की क्या गणना। आज ठगी का आलम इस क़दर हो चुका है जहाँ अपने स्वार्थ के वशीभूत होकर व्यक्ति ये नहीं सोच पा रहा है कि सामने वाले व्यक्ति पर इसका क्या असर पड़ेगा इस घटना के उपरान्त मैंने उस छात्रा को पल-पल टूटते घुटते देखा है इस स्थिति में कई सारे लोग ग़लत क़दम उठा लेते हैं। सोचिए ठगी के बाद केवल पैसे की क्षति नहीं होती यद्यपि जिसके साथ ठगी होती है उसके साथ मानसिक क्षति भी होती है क्योंकि ठगी के उपरान्त पीड़ित के मस्तिष्क पर गहरा आघात पड़ता है।

इसलिए मेरा आप लोगों से ये अनुरोध है कि लालच में न पड़ें और जहाँ पैसे की माँग की जाए वहाँ अपने आप को तत्काल पीछे हटा दें क्योंकि पैसा विभिन्न तरह के कुरीतियों को जन्म देता है और आज इस अत्याधुनिक समय में फ़ोन से पैसे की माँग ही सबसे बड़ी ठगी है। स्वतः जागरुक बनिए किसी की बातों में मत आइए और ठगी से बाचिए।

9.4- ऑनलाइन ठगी से बचाव के तरीक़े

रोज़ाना हज़ारों की संख्या में लोग साइबर क्राइम के शिकार हो रहे है। इससे बचने के लिए पुलिस भी मुस्तैदी दिखा रही है। लगातार साइबर सिक्योरिटी को मज़बूत किया जा रहा है। इसके बावजूद साइबर ठगी से बचने के लिए आपको भी कुछ सतर्कता बरतनी चाहिए। साइबर ठगी से आप ख़ुद को कैसे बचा सकते हैं। इसके बारे में इन्डस्ट्री सिक्युरिटी स्टैंडर्ड काउंसिल के एसोसिएट डायरेक्टर नितिन भटनागर बता रहे हैं। जैसे-जैसे डिजिटलाइज़ेशन बढ़ता जा रहा है साइबर ठग नए-नए तरीक़ों से ठगी कर रहे हैं। उनका टारगेट हमारा बैंक अकाउंट होता है। कैसे साइबर ठगी के शिकार होने से ख़ुद को बचा सकते हैं? कैसे साइबर ठग अपना शिकार बनाते हैं?

साइबर क्राइम/ठगी कैसे होती है और इससे कैसे बच सकते हैं ये सभी बातें जानने के लिए जी.एन.टी डिजिटल ने पेमेन्ट कार्ड इन्डस्ट्री सिक्योरिटी स्टैंडर्ड काउंसिल के एसोसिएट डायरेक्टर नितिन भटनागर से बातचीत की। आइए एक-एक करके जानते हैं प्रत्येक पहलुओं को-

जी.एन.टी डिजिटल का पहला प्रश्न कुछ इस प्रकार था- भारत एक ऐसा देश है, जहाँ सबसे ज़्यादा साइबर अटैक/ठगी होती है। आपके मुताबिक़ हमारा जो डिजिटल पेमेन्ट सिस्टम है, वो कितना स्ट्रांग है?

इस पर नितिन भटनागर कहते हैं साइबर अटैक/ठगी इण्डिया का ही नहीं बल्कि ये एक ग्लोबल प्राब्लम है। फाईनेंशियल एलिमेंट जब ऑनलाइन ट्रांजेक्शन के साथ जुड़ जाता है, तो साइबर अपराधी और भी ज़्यादा एक्टिव हो जाते हैं। ऑनलाइन पेमेन्ट की सुरक्षा के बारे में उन्होने ये बताया कि ऑनलाइन पेमेन्ट सिक्योरिटी को लेकर रिज़र्व बैंक ऑफ इण्डिया यानी rbi समय-समय पर गाइड-लाइन लाती रहती है। उन्होंने बताया कि महत्वपूर्ण ये है कि उसे ऑनलाइन पेमेन्ट एप्स और बैंक किस तरह से अपनाते हैं। इसके साथ उन्होंने बताया कि किस तरह से देश में ऑनलाइन पेमेन्ट सिस्टम बढ़ रहे हैं। उसी स्पीड से उसे सुरक्षित करना भी बहुत ज़रूरी है। इसकी सुरक्षा भी हम पेमेन्ट सिक्योरिटी स्टैडंर्ड को अपना-कर कर सकते हैं। उन्होंने आगे कहा कि जो कम्पनी हमारे पेमेन्ट को आगे प्रोसेस करती है या जिसके माध्यम से हम

ऑनलाइन पेमेन्ट कर पाते हैं, उन कम्पनियों को अपना आई.टी सिक्योरिटी सिस्टम को और ज़्यादा बेहतर बनाने के लिए अपने बजट में बढ़ोतरी करनी चाहिए। जो बजट पहले 5 से 10 प्रतिशत हुआ करता था। उसमें अब 20 से 25 प्रतिशत बढ़ोतरी करने की ज़रूरत है।

जी.एन.टी डिजिटल का दूसरा प्रश्न कुछ इस प्रकार था- हैकर्स/ठग लोगों की जानकारी चुराकर उन्हें ब्लैकमेल करना शुरू कर देते हैं, उस स्थिति में उन्हें क्या करना चाहिए? इस पर नितिन भटनागर कहते हैं, मेरे साथ भी एक दिन साइबर क्राइम का एक वाक़िया हुआ वो ये था कि मेरा ट्विटर अकांउट वेरिफ़ाइड है। इसको लेकर उन्हें एक मैसेज आया कि भारत में ट्विटर की तरफ़ जो नियम को उन्हें देखते हुए एक बार फिर से हम अपने यूज़र की के.वाई.सी पूरी है या नहीं इसकी जाँच कर रहे हैं। जिसे देखने के बाद मैंने अपनी ई.मेल आईडी और एक पहचान पत्र उन्हें दे दिया। इन सभी कि जानकारी देने के बाद उन्हें एक मैसेज आता है कि कोई आपके ई.मेल से यूट्यूब को ऑथेन्टिक करना चाहता है।

नितिन आगे कहते हैं इस मैसेज को देखकर मैं सतर्क हो गया। ये तो कुछ ग़लत हुआ है क्योंकि मैंने तो किसी को भी अपनी डिटेल्स नहीं दी थी। इसके बारे में मुझे बाद में याद आया कि डिटेल तो मैंने ख़ुद ही दी थी।

अपने साथ हुई इस घटना का उदाहरण देते हुए बताया कि इस तरह से भी हैकर्स आपको अपने झाँसे में फँसा सकते हैं। कभी-कभी हम स्वयं ही हैकर्स/ठगों को अपनी जानकारी दे देते हैं। ऐसे में हमे अपनी जानकारी किसी को भी देने से पहले कम से कम दो बार सोचना चाहिए कि हमारी डिटेल्स को देने से हमारे साथ कोई घटना तो नहीं हो जाएगी। अगर हैकर्स आपकी जानकारी चुरा लेते हैं या ग़लती से आप ख़ुद ही दे देते हैं तो इस स्थिति में घबराने की ज़रूरत नहीं है। इस स्थिति में आपको अपने स्थानीय पुलिस थाना या फिर cybercrimegov.in पर जाना है और अपनी शिकायत दर्ज करानी है।

जी.एन.टी डिजिटल का तीसरा प्रश्न कुछ इस प्रकार था- बहुत से लोग ऑनलाइन पेमेन्ट करने के लिए कई ऐप्स और तरीक़ों का इस्तेमाल करते हैं? क्या ऐसा करना सेफ़ होता है?

इस पर नितिन भटनागर कहते हैं ऑनलाइन पेमेन्ट करने के लिए कोई भी कई पेमेन्ट ऐप का इस्तेमाल करते हैं, तो यहाँ पर यूज़र को काफ़ी सावधानी बरतने की ज़रूरत है। अगर हम बात करें भारत की तो यहाँ पर 15 से 20 तरीक़ों से ऑनलाइन पेमेन्ट कर दिया जा सकता है। ऐसी स्थिति में उपयोगकर्ता को सेफ्टी अवयेरनेस बहुत ज़रूरी है कि उन ऐप्स का इस्तेमाल किस तरह से कर रहे हैं। जो भी ऐप अविलेबल अभी वे सभी सुरक्षित हैं। अगर यूज़र उन ऐप्स को जेनूअन जगह से डाउनलोड करते हैं तो वे सेफ़ हैं और अगर किसी अन्य जगह से डाउनलोड करते हैं तो ख़तरा रह सकता है। अब बात रही पेमेन्ट करने की तो कभी-कभी साइबर अपराधी आपको धोखे में ग़लत QR कोड पर पेमेन्ट करवा देते हैं। वहीं कई बार ऐसा होता है कि लोग अपना पेमेन्ट पिन ही दे देते हैं। ऑनलाइन पेमेन्ट करने के दौरान यूज़र्स को ध्यान देना चाहिए कि वो पेमेन्ट सही QR कोड का इस्तेमाल करके ही दे। साथ ही अगर कोई आपसे कॉल करके कहता है कि वो आपके बैंक या पेमेन्ट ऐप से बात कर रहा है। और आपकी बैंक डिटेल और OTP माँगे तो उन्हें ये जानकारी बिल्कुल भी नही दें क्योंकि बैंक या फिर पेमेन्ट ऐप की तरफ़ से कॉल करने वाले अधिकारी आपसे आपकी बैंक डिटेल्स या फिर कोई OTP नहीं माँगते हैं।

जी.एन.टी डिजिटल का चौथा प्रश्न कुछ इस प्रकार था- कई लोग एक से ज़्यादा तरीक़ों से ऑनलाइन पेमेन्ट करते हैं, वो अपना पासवर्ड याद रख सकें इसलिए वो एक ही पासवर्ड रखते हैं। ऐसा करना कितना सुरक्षित होता है?

इस पर नितिन भटनागर कहते हैं। अपनी ऑनलाइन पेमेन्ट आईडी का पासवर्ड जितना हो सके उतना स्ट्रॉन्ग बनाए। अपर लोवर केस, न्यूमेरिकल और स्पेशल कैरेक्टर का इस्तेमाल करते हुए बना सकते हैं. अगर आप डिफ्रेन्टस सोशल मीडिया एकाउंटस का उपयोग कर रहे तो उनमें अपना पासवर्ड सेव न रखे। अगर आपके सभी अकाउंट का पासवर्ड का इस्तेमाल करके आपके अन्य अकाउंट को भी हैक कर सकता है। इसलिए हमेशा अपने सभी अकाउंट का पासवर्ड अलग-अलग रखें। इसके साथ ही उन्होने बताया कि एक पासवेज होता है और एक स्ट्रांग पासवर्ड होता है। जिसमें से आप किसी एक का चुनाव कर सकते हैं।

जी.एन.टी डिजिटल का पाँचवा प्रश्न कुछ इस प्रकार था- आपके हिसाब से

हमारे जो पासवर्ड होते हैं, वो कितने कारगर या कितना बचाते हैं साइबर अटैक से और लोगों को किसी तरह से अपने पासवर्ड को सिक्योर रखना चाहिए?

इस पर नितिन भटनागर कहते हैं कि अगर आपको अपने अकाउंट को सुरक्षित रखना है तो आपको मल्टी फ़ैक्टर ऑथेन्टिकेशन का इस्तेमाल करना चहिए। ऐसा करने से हैकर्स आपका अकाउंट जल्दी हैक नहीं कर पाएँगे। दरअसल ऐसा करने से जब कि आपका अकाउंट हैक करने की कोशिश करेंगे उसके लिए ऑथेंटिकेशन के लिए ओ.टी.पी और दूसरे मैसेज आएँगे। जिसकी डिटेल्स उन्हें मिलने के बाद ही वो आपका अकाउंट हैक कर पाएँगे। ऐसे में आपका अकाउंट सुरक्षित रहेगा।

जी.एन.टी डिजिटल का छठा प्रश्न कुछ इस प्रकार था- अगर हम डेबिट कार्ड या क्रेडिट कार्ड से कोई पेमेन्ट करते हैं तो हमें एक ओ.टी.पी आता है जिसे दर्ज करने के बाद ही पेमेन्ट हो पाता है, क्या ऐसी कोई सुविधा लाई जा सकती है कि बायोमेट्रिक तरीक़े से ही पेमेन्ट हो सके। क्योंकि बायोमेट्रिक तरीक़े से पेमेन्ट करना ज़्यादा सुरक्षित हो सकता है?

इस पर नितिन भटनागर कहते हैं, ऑनलाइन पेमेन्ट सुरक्षा को लेकर लगातार इनोवेशन हो रहे हैं। आगे चलकर हमें और भी कई ऑनलाइन पेमेन्ट को लेकर कई तरीक़े मिलने वाला है जिनमें से एक बायोमेट्रिक तरीक़े से पेमेन्ट हो सकते हैं क्योंकि अभी भी इनोवेशन चल रहा है। जब तक ये तरीक़े नहीं आते तब तक आपको अपनी बैंक डिटेल्स किसी के साथ शेयर नहीं करनी चाहिए। वही अगर आप कोई पेमेन्ट ऐप इस्तेमाल कर रहे हैं तो सिर्फ़ जहाँ पेमेन्ट कर रहे है वही ओ.टी.पी दें जो आप नम्बर पर आया है किसी और को नही अविन आप किसी को अपना ओ.टी.पी बताते हैं तो आप अपने अकाउंट कि जानाकरी हैकर को प्रमाणित कर रहे हैं। इस स्थिति में अगर आपके साथ साइबर क्राइम होता है तो बैंक आपके पैसे वापस करने से मना कर देते हैं। क्योंकि आपने ख़ुद ही अपने अकाउंट की डिटेल्स हैकर्स को दे दी है। नितिन भटनागर जी पिछले तीन साल में हुए फ़ाइनेंशियल फ्रॉड को लेकर एक सर्वे के बारे में बताते है कि साइबर क्राइम से पीड़ित 47 फ़ीसदी को उनकी रक़म नहीं मिली थी क्योंकि उन्होंने ख़ुद अपने अकाउंट की डिटेल्स हैकर्स को ऑथेन्टिएट किया था। यहाँ पर यूज़र को ये समझना है कि वो अपनी पर्सनल इनफ़ार्मेशन किसी को भी न दें।

जी.एन.टी डिजिटल का सातवाँ प्रश्न कुछ इस प्रकार था- डेबिट क्रेडिट कार्ड में NFC / टैप टू पे होता है जिसके ज़रिए POS मशीन में टच करते ही पेमेन्ट हो जाता है अगर कोई हमारे कार्ड पर मशीन टैप करके पेमेन्ट कर दे तो ऐसे हम कैसे सेफ़ कर सकते हैं?

इस पर नितिन भटनागर कहते हैं जब तक POS मशीन मे कोई अमाउंट दर्ज नहीं होता तब तक पेमेन्ट होने के चांसेस नहीं होते। जो यूज़र NFC कार्ड या टैप टू पे फ़ीचर इस्तेमाल करते हैं। ये पूरी तरह से सुरक्षित है। पेमेन्ट के जिस डिवाइस का इस्तेमाल किया जाता है जिन्हें पेमेन्ट स्टैंडर्ड को अपनाना होगा। उन्हें अपने डिवाइस में PCI और CPOC के स्टैंडर्ड को अपने डिवाइस में इम्पलिमेंट करना होगा। जिससे वो डिवाइस में PCI और भी ज़्यादा सुरक्षित हो जाए। देखें तो NFC या टैप टू पे आगे पेमेन्ट का भविष्य भी है।

जी.एन.टी डिजिटल ने अपना आख़िरी सवाल पूछा साइबर क्राइम से बचने के लिए सबसे आसान टिप्स क्या है? इस पर पेमेन्ट कार्ड इन्डस्ट्री सिक्योरिटी स्टैंडर्ड्स काउंसिल के एसोसिएट डायेरक्टर नितिन भटनागर ने बताया कि हमें बेसिक जानकारी को फॉलो करना चाहिए। जैसे कभी भी किसी अनजान कॉल पर रिस्पांस नहीं दें। अगर आपने किसी अनजान कॉल पर रिस्पांस किया और आपसे किसी तरह के एप्लिकेशन को आपके फ़ोन में इन्स्टाल करने के लिए कहता है तो उसे इन्स्टाल बिल्कुल न करें। अपने अकाउंट का पासवर्ड स्ट्रांग रखें। अपनी पर्सनल आइडेंटिफ़िकेशन डिटेल्स जैसे डेबिट या क्रोडिट कार्ड डिटेल्स किसी अनजान को न दें।

अगर आप अपनी पर्सनल आइडेंटिफ़िकेशन डिटेल्स शेयर कर रहे हैं तो ये सिक्योर करें कि आप किस काम के लिए अपने डिटेल्स दे रहे हैं ताकि उन डिटेल्स को आगे किसी ग़लत काम के लिए इस्तेमाल नहीं किया जा सके। इसके साथ ही उन्होंने बताया कि ऑनलाइन पेमेन्ट के दौरान किसी भी पब्लिक वाई-फ़ाई का इस्तेमाल नहीं करें। अपने पर्सनल और ऑफ़िशियल डिवाइस को अलग-अलग रखें। यानी पेमेन्ट के लिए अपने पर्सनल डिवाइस का इस्तेमाल करें।

9.5-ऑनलाइन माध्यमों से अश्लील वीडियो बनाकर होने वाली ठगी

पीछे की सभी घटनाओं से आप किसी न किसी प्रकार परिचित होंगे अपने दैनिक जीवन मे देखते सुनते होंगे अख़बार न्यूज़ चैनेल आदि के माध्यम से, कभी-कभी तो आपका बहुत हितैशी इन घटनाओं कि चपेट में आ जाता है या यूँ कहूँ आप में से बहुत से लोग स्वयं इसके शिकार हो चुके होंगे लेकिन वर्तमान में साइबर ठगी के एक ऐसे पहलू पर आपकी नज़र नहीं गया होगा जिसका ज़िक्र अब मैं करने जा रहा हूँ। इस ठगी को मैं क्या कहूँ मुझे स्वयं समझ में नहीं आ रहा लेकिन मैं आपको इसके बारे में अवगत कराना चाहता हूँ जो इस प्रकार है- मित्रो आप में से अधिकांशतः लोग व्हाटसप्प, इन्स्टाग्राम, फ़ेसबुक आदि सोशल-मिडिया का उपयोग करते होंगे आपको बता दूँ आपके साथ इनके माध्यम से भी ठगी हो सकती है या हो सकता है आप में से कोई इसका भुक्तभोगी भी हो। आपके अन्तःकरण में मचे जद्दोजहद को समाप्त करते हुए इस नई ठगी की घटना को अपने शब्दों के माध्यम से प्रस्तुत करता हूँ। आजकल देखने को मिलता है हमारे फ़ोन पर जब किसी लड़की का फ़ोन या मैसेज आता है तो हम (पुरुषवर्ग) उत्तेजित हो जाते हैं और एक नई दुनिया में भ्रमण करने लगते हैं दूसरी तरफ़ पूर्ण रूप से तो नहीं लेकिन 80 प्रतिशत महिलाएँ इन विरक्तियों से थोड़ा मज़बूती से सामना करती हैं वो इसका शिकार नहीं होतीं क्योंकि उनकी महत्वाकांक्षाएँ उन पर हावी नहीं हो पाती पर 20 प्रतिशत महिलाओं के साथ भी ऐसा होता है कि कोई पुरूष अगर फ़ोन मैसेज करता है तो वो भी एक नई दुनिया में भ्रमण करने लगती हैं और उसी का फ़ायदा चालक ठग उठा लेते हैं। आज कल आपके फ़ोन पर मैसेज आता है जो आपके विपरीत लैंगिक का होता है इस पर आप बुहत ख़ुश हो जाते हैं और आप पूछते हैं आप कौन सामने से एक काल्पनिक नाम बताया जाता है जिसे आप सही मान लेते हैं फिर आप आश्चर्य में पूछते आपको ये नम्बर कहाँ मिला इस पर सामने का चालक ठग कहेगा मैं अकेला/अकेली तन्हा ऐसे ही नम्बर डायल कर रहा/रही थी तो आपका नम्बर लग गया इस प्रकार आपका नम्बर मिला तो मैसेज कर दिया, फिर आप कहेंगे ये तो ठीक है लेकिन आप मुझसे क्या चाहते/चाहती हो तो सामने से उत्तर मिलेगा दोस्ती इस पर पहले कुछ लोग ना-नुकुर करेंगे कुछ तुरन्त तैयार हो जाएँगे मैं ये दावे के साथ कह सकता हूँ निश्चित रूप

से सौ में नब्बे लोग बाद मे दोस्ती के प्रस्ताव को स्वीकार कर लेंगे और जैसे ही वो उनके प्रस्ताव को स्वीकार करेंगे। उनके पास एक नया मैसेज आएगा जो उनके व्यक्तिगत जीवन से जुड़ा हुआ होगा जो इस प्रकार होगा आपका नाम क्या है, आप क्या करते हैं, आपकी उम्र क्या है आप कहा से हैं- धीरे-धीरे सारी जानकारी ले लेगें और अगर आप बताने से कतराएँगे तो ठग दोस्ती का हवाला देंगे तो आप बता ही देगें कि आपका नाम क्या है, आप क्या करते हैं आपकी क्या उम्र है अपना पता क्या है हो सकता है आप में से कुछ लोग ग़लत जानकारी दें लेकिन ये संख्या 100 में 10 ही होगी 90 तो बता ही देंगे अपनी वास्तविकता जिस पर आपके विपरीत में बात कर रहा/रही विपरीत लैंगिक ठग आपसे अपना प्रेमी/प्रेमिका बनने का प्रस्ताव रखेगा/रखेगी जिस पर आप बेहद आश्चर्य चकित होंगे पर कुछ समय के बाद कुछ लोग उत्सुकतावश कुछ स्वेच्छा से तैयार हो जाएँगे धीरे-धीरे ठग आपको अपनी बातों के जाल में पूर्ण रूप से फँसा लेगा। अब आपको उसकी हर बात सही लगने लगेगी क्योंकि अब वो आपसे अभद्र बाते करने लगेगा जो उसके व्यक्तिगत शारीरिक बनावट पर आधारित होंगी जो आपको बेहद रुचिकर लगेंगी क्योंकि ये ऐसी स्थिति होती है जब आपकी महत्वाकांक्षाएँ आप पर हावी होने लगती है इन्हीं सब का फ़ायदा उठाकर ठग आपसे वीडियो कॉल पर बात करने कि इच्छा व्यक्त करेगा/करेगी आप तैयार हो जाओगे पर इसकी कुछ शर्तें होती हैं जो आपके साथ ठगी करने का रास्ता बनाती हैं। शर्तें कुछ इस प्रकार हैं- वीडियो कॉल पर ठग और आप दोनों बिना कपड़ो के नग्न होकर बात करेंगे कुछ लोग जो समझदार होते हैं वो डरवश या ग़लत समझ कर पीछे हट जाते हैं लेकिन सौ में 70 लोग तैयार हो जाते हैं कुछ लोगों को अच्छा लगता है तो कुछ लोग इसे मौक़ा समझते हैं अपने विपरीत लैंगिक का अंदरूनी हिस्सा देखने का और वो तैयार हो जाते हैं, दूसरी शर्त ये होती है वीडियो कॉल में ऊपर से नीचे की ओर फ़ोन घुमाया जाएगा जिससे आपका चेहरा समेत अंदरूनी गोपनीय शारीरिक हिस्सा भी आ सके और आप ऐसा करते हैं या वे ऐसा करते हैं जिनके साथ ये घटनाएँ घटती हैं और वीडियो कॉल पर बात होती रहती है तो ठग फ़ोन का स्क्रीन रिकार्डर चालू किए रहते हैं जिससे आपका (निर्दोष व्यक्ति) का और ठग का एक गन्दा वीडियो तैयार हो जाता है जिसे ठग आपके पास भेजते हैं जिसे देखकर आपके पैरों के नीचे

से ज़मीन खिसक जाती है और आप अपने को किसी तरीक़े से सम्भालने कि कोशिश कर रहे होते हैं तब तक सामने से एक धमकी भरा मैसेज आता है जिसमें कुछ इस प्रकार लिखा होता है ये वीडियो तो आपने देख ही लिया होगा अगर ये वीडियो डिलिट कराना चाहते हों तो पैसे देने होंगे (मन चाहे पैसे कि माँग होती है आपके हैसियत के हिसाब से क्योंकि आपने तो अपनी जानकारी पहले ही दे दी थी।) और अगर पैसे नहीं दोगो तो ये वीडियो गुगल, फ़ेसबुक, इन्स्टाग्राम पर अपलोड कर देंगे और साथ ही तुम्हारे सभी सम्पर्कों में भी भेज देंगे अब आप एक दम डर जाएँगे और ठग इसी डर का फ़ायदा उठाकर आपसे पैसे ले लेंगे और आपको कुछ समय के लिए परेशान करना बन्द कर देंगे लेकिन कुछ समय पश्चात फिर पैसे की माँग करेंगे इसी वीडियों के सहारे और आप अपनी इज़्ज़त बचाने के लिए पैसे देते रहेंगे आप किसी को अपनी समस्या बता भी नहीं सकते। इस प्रकार के अनजाने फ़ोन कॉल व मैसेज से बचे और अपनी गोपनीयता कभी भी भंग न करें अन्यथा आप बुहत बड़ी समस्या में पड़ जाएँगे।

ये घटनाएँ वर्तमान में बहुत घटित हो रही हैं लेकिन आप तक नहीं पहुँच रही है क्योंकि जिनके साथ ये घटनाएँ घटित हो रही है वो शर्मवश किसी को बताते नहीं तो कृपया इससे सावधान रहें। आप लोगों से एक आग्रह ये भी है कि इस ठगी के अध्याय में आप शब्द का उपयोग किया गया है जो केवल समझाने के लिए किया गया क्योंकि व्यक्ति अगर कोई बात अपने ऊपर धारण करके देखता है तो बात ज़्यादा समझ आती है इसलिए आप लोग समझने व पढ़ने कि दृष्टि से देखिएगा न कि स्वयं पर लागू करके।

साइबर अपराध व ठगी के अनगिनत उदाहरण हैं सब का उल्लेख करना सम्भव नहीं लेकिन मुख्य रूप से हो रहे अपराधों का चित्रण किया गया। मेरा तो यही मानना है ये अपराध पिछले एक दशक से ज़्यादा प्रभावशाली हुआ है क्योंकि इसी एक दशक में कम्पयूटर व मोबाइल फ़ोन का इस्तेमाल बढ़ा है, इनका निर्माण तो बेहद अच्छे उद्देश्य से किया गया था लेकिन आज इसका उपयोग अच्छे से ज़्यादा गन्दे कार्यों में किया जाता है हमें इस पर नियन्त्रण पाकर एक स्वच्छ ठगी मुक्त समाज का निर्माण करना है।

अध्याय-10
काला धन इक्कठा करना ठगी का एक हिस्सा

भारतीय ठगी जगत के तीसरे हिस्से वर्तमान में व्याप्त ठगी की रोंगटे खड़े कर देने वाली कहानियों का दूसरा सबसे मशहूर नाम भी किसी एक व्यक्ति का नहीं अपितु ये संख्या अनगिनत है क्योकि भारतवर्ष इस ठगी से दिन प्रति दिन संघर्ष कर रहा है। और मुझे ये बताते हुए बेहद शर्म आ रही है कि ये ठगी कोई अर्थिक रूप से मजबूर लोग नहीं अपितु आर्थिक रूप से बहुत मज़बूत लोग करते हैं अब समझ गए होंगे कि इस अध्याय में ठगी के कौन से सिरे से पर्दा उठेगा अगर नहीं समझे तो स्पष्ट कर देना चाहता हूँ ये ठग वो लोग हैं जो काला धन रखते हैं अत्यधिक पैसे रख लेते हैं और उसका टैक्स नहीं जमा करते विभिन्न जगहों पर ग़लत तरीक़े सम्पत्ति रखते हैं-

आइए एक-एक करके काला धन रखने वाले ठगों के बारे में जानते हैं। लेकिन सबसे पहले जानते हैं काला धन क्या है? इसी में निहित है काला धन ठगी कैसे है –

काले धन में अवैध गतिविधि के माध्यम से अर्जित सभी आय और अन्यथा क़ानूनी आय शामिल होती है जो कर उद्देश्यों के लिए दर्ज नहीं की जाती है। काले धन की आय आमतौर पर भूमिगत आर्थिक गतिविधियों से नकद में प्राप्त होती है और इस तरह कर नहीं लगाया जाता है काले धन के प्राप्तकर्ताओं को इसे छिपाना पड़ता है, इसे केवल भूमिगत अर्थव्यवस्था में ख़र्च करते हैं, या मनी लॉन्ड्रिंग के माध्यम से इसे वैधता का रूप देने का प्रयास करते हैं। अर्थव्यवस्था में काले धन की अधिक मात्रा अक्सर भ्रष्टाचार को बढ़ावा देती है।

काला धन कुछ इस प्रकार काम करता है-

अपने सरलतम् रूप में, काला धन वो धन है जिस पर सरकार को कर का भुगतान नहीं किया जाता है। मान लीजिए कि कोई स्टोर अपने माल के लिए नकद स्वीकार करता है और अपने ग्राहकों को रसीद जारी नहीं करता है। वो

स्टोर काले धन में लेन-देन कर रहा है, क्योंकि वो बिना दर्ज ब्रिकी पर कर का भुगतान नहीं करेगा। एक अन्य उदाहरण के रूप में एक सम्पत्ति ख़रीदार पर विचार करें जो 2,00,000 डॉलर मूल्य की भूमि ख़रीदता है। यदि ख़रीदार केवल वही पर 50,000 डॉलर की रिपोर्ट करता हैं और टेबल के नीचे 1,50,000 डॉलर मूल्य का भुगतान करता है, तो 1,50,000 डॉलर मूल्य का काला धन लेन-देन होता है। दोनों उदाहरणों में विक्रताओं ने क़ानूनी श्रोतों से पैसा कमाया है लेकिन करों से बचे हैं। काले धन को इकट्ठा करने वाले लोग एक प्रकार के ऐसे ठग हैं जो इस धन को इकट्ठा करने के लिए निम्न श्रोत खोज रखे हैं जिसमें सबसे आम श्रोत काला बाज़ार या भूमिगत अर्थव्यवस्था है। काला बाज़ार की गतिविधियों में प्रतिबन्धित दवाओं की ब्रिकी, बन्दूक़ चलाना, आतंकवाद और मानव तस्करी शामिल हो सकते हैं। ब्लैक मार्केट गतिविधियों में कम गम्भीर अपराध भी शामिल होते हैं. जैसे नक़ली सामान की बिक्री, चोरी हुए क्रेडिट कार्ड या कॉपीराइट सामग्री के पायरेटेड संस्करण काले धन से बंधी देश की आय का हिस्सा देश के आर्थिक विकास को प्रभावित करता है। काला धन वित्तीय रिसाव का कारण बनता है, क्योंकि अघोषित आय जिस पर कर नहीं लगाया जाता है सरकार को राजस्व खोने का कारण बनता है। इसके अलावा, ये फंड शायद ही कभी बैंकिंग प्रणाली में प्रवेश करते हैं। नतीजतन वैध छोटे व्यवसायों और उधमियों के लिए ऋण प्राप्त करना अधिक कठिन हो जाता है। इसके अलावा, काला धन किसी राष्ट्र के वित्तीय स्वास्थ को कम करके आँका जाता है। किसी भी अर्थव्यवस्था में काला धन की मात्रा का अनुमान लगाना बेहद मुश्किल है। ये आश्चर्य की बात नहीं है, ये देखते हुए कि भूमिगत अर्थव्यवस्था में भाग लेने वालों को अपनी गतिविधियों को छुपाने के लिए मज़बूत प्रोत्साहन मिलता है। इन असूचित आय को किसी देश के सकल राष्ट्रीय उत्पाद (जी.एन.पी) या सकल घरेलू उत्पाद (जी.डी.पी) में शामिल नहीं किया जा सकता है इस प्रकार एक देश की बचत, खपत और अन्य व्यापक आर्थिक चर के अनुमान भ्रामक होंगे। ये ग़लतियाँ योजना और नीति निर्माण में प्रतिकूल प्रभाव डालती है।

कुछ स्पष्ट रूप से अनैतिक गतिविधियों के अलावा जैसे मानव तस्करी, जो काले धन को प्राप्त करने के लिए अपनाई जाती है, काला धन स्वयं ही समस्याएँ पैदा करता है। सबसे विशेष, रूप से अर्थव्यवस्था में काले धन की अधिक मात्रा

अक्सर भ्रष्टाचार बढ़ाती है अर्थव्यवस्था में पर्याप्त मुनाफ़ा कमाते हैं, उन्हें समय-समय पर दूसरी तरफ़ देखने के लिए लगभग अनिवार्य रूप से क़ानून प्रवर्तन का भुगतान करना पड़ता हैं। हालाँकि ये एक भ्रष्ट पुलिस बल की ओर जाता है जो अपराधों की अनदेखी करने से लेकर अपराधों में सक्रिय रूप से भाग लेने तक आगे बढ़ सकता है।

ये तो हो गया काला धन की परिपक्क परिभाषा लेकिन मेरे दृष्टिकेण से काला धन क्या है ये ठगी कैसे है, आइए जानते हैं।

मित्रो काला धन एक ऐसी दीमक है जो भारत जैसे शक्तिशाली देश को आर्थिक रूप से कमज़ोर बना रहा है जैसे कि आप जानते हैं काला धन वो धन है जिसका कोई लेखा जोखा नहीं है और ये चोरी से अर्जित किया जाता है टैक्स से बचने के लिए, मेरा तो मानना है काला धन रखने वाला हर व्यक्ति ठग है वो ठगी कर रहा है अपने राष्ट्र से जिसका वो नागरिक है प्रायः हम विभिन्न रूपो में काला धन लेने की प्रक्रिया देखते हैं उनमें से कुछ का ज़िक्र करता हूँ व्यापारी वर्ग व्यापर करते हैं व्यापारी से मेरा तात्पर्य छोटे दुकानदार से लेकर बड़े फ़ैक्ट्री के मालिक तक सभी से है। तात्कालिक परिवेश में उन्हें कम्पयूटरीकृत बिल बनाने के लिए आदेशित किया गया है लेकिन वो पेन व काग़ज़ पर बिल बना देते हैं। जिसका कोई डाटा नहीं होता और जब डाटा नहीं होगा तो कर किस पे दिया जाएगा जिससे काला बाज़ारी को एक दिशा मिलती है इसके लिए सबसे महत्वपूर्ण ये है कि ग्राहक को पक्का बिल बनवाना चाहिए क्योंकि कहीं न कहीं राष्ट्र के साथ-साथ उनके साथ भी ठगी हो रही है इसके साथ कुछ छोटे उद्यमकर्मी जो लघु उद्योग करते हैं उन्होने अपना व्यावसायिक रजिस्ट्रेशन नहीं करवाया है और उनका उद्योग धंधा अच्छा चल रहा है या नहीं भी चल रहा नियमतः उन्हें चाहिए उनके अपनी कम्पनी उद्योग का पंजीकरण कराना चाहिए उनके पंजीकरण न कराने से वो जो भी पैसे कमाते हैं वो काले धन कि श्रेणी में आता है क्योंकि वो चोरी से कार्य कर रहे हैं बिना कर दिए और ऐसे पैसे को छुपाते हैं जो ऐसे ग़लत तरीक़ों से कमाए गए हैं। दूसरा अभी वर्तमान में हम देखते हैं सरकारी तन्त्र में घुस लेने कि परम्परा बड़ी व्यापक है जैसे अभी हम देखते कोई अपराधी अपराध करता है जो बड़े पैमाने पर चर्चित नहीं होता तो ऐसे में सभी पुलिस कर्मी तो नहीं लेकिन कुछ

पुलिस कर्मी पैसे लेकर उस अपराधी को वहीं पुलिस थाने में बिना न्यायालय गए बा-इज़्ज़त रिहा कर देते हैं दूसरे निर्दोष पक्ष को डरा कर घर भेज देते हैं छोटे-2 कार्यो के लिए ये घूसखोर चन्द अधिकारी पैसे की माँग करते हैं तभी क़ानूनी कार्य करते हैं ये सारे पैसे काले धन की श्रेणी में आते हैं।

तीसरी घटना अभी मेरी जानकारी में घटित हुई जिसे मैंने घटते देखा एक शिक्षिका रिटायर हुई तो उनका रिटायरमेंट फंड कुछ चौव्वालिस लाख रुपया हुआ था उन्हें वो पैसे बिना किसी परेशानी के मिल जाने चाहिए लेकिन ऐसा नहीं हुआ और टेजरी के अधिकारी व बाबू लोगों ने दस प्रतिशत की माँग किया जो लगभग 4 लाख चालीस हज़ार रुपए होते हैं और ये धमकी दिया अगर आप ये पैसे नहीं देंगी तो आप दौड़ती रहेंगी और आपके पैसे हम आपके खाते में ट्रान्सफ़र नहीं करेंगे इस डरवश शिक्षिका ने स्वीकृति दे दी और उन्हें पैसे मिलने से पहले ही चार लाख चालीस हज़ार की रक़म क़र्ज़ लेकर उन बेईमान कर्मचारियों को देना पड़ा उसके दूसरे ही दिन वो सारे पैसे शिक्षका के बैंक खाते में आ गए जो फंड के मिलने थे। इससे ये समझ में आया कि वेतन भोगी सरकारी कर्मचारी इस प्रकार की काला-बाज़ारी कर रहे हैं और काला धन इकट्ठा कर रहे हैं और इस काला धन को इकट्ठा करने में उन्होने स्पष्टतः शिक्षका को तो ठगा ही साथ ही साथ सरकार को भी ठगा इसके साथ ही साथ सम्पूर्ण देश को ठगा क्योंकि ये 4 लाख चालीस हज़ार कोई सरकारी डाटा नहीं है और ये छुपा कर रखा जाएगा जो भारत की अर्थव्यवस्था सुधारने में कोई रोल नहीं निभा सकता।

चौथा मुझे कहते हुए बेहद अफ़सोस हो रहा है वो लोग संलिप्त है जिन्हें हम अपना प्रतिनिधि चुनते हैं वर्तमान लोकतन्त्र में एक छोटे से ग्राम प्रधान से लेकर कैबिनेट मन्त्री तक राष्ट्र के साथ ठगी करते हैं ये वो लोग हैं जिनके कंधे पर भारत अपनी स्वर्णिम यात्रा पूरा करता है और ये लोग अपने पद का ग़लत इस्तेमाल करते हैं ये लोग जनता का कार्य करने के लिए तो पैसे लेते ही हैं जो बेहद ग़लत है क्योंकि यें जनता की सेवा के लिए है न कि उसे प्रताड़ित करने के लिए दूसरी तरफ़ ये लोग सरकारी योजनाओं के भी आधे पैसे अधिकारियों के साथ मिली भगत करके ग़बन कर लेते हैं मैंने देखा एक छोटे से ग्राम का प्रधान जिसका मानदेय लगभग 6,000 रुपए हैं जो प्रधान बनने के 4 महीने के अन्दर

कार से घुमने लगता है। एक-दो नए मकान बना लेता है पाँच वर्ष बीतते-बीतते दो–चार करोड़ का ग़बन कर लेता है ये ठगी हुई या नहीं आप सोचिए ये पैसे ग्राम के विकास के लिए थे उनमें से आधा तो प्रधान जी, अधिकारी जी व मन्त्री जी लोग ही खा लेते हैं इन पैसो के अभाव के कारण जो काम होना था वो आधे पैसे में होता है जिससे परियोजना जल्द ख़राब हो जाती है जो आधे पैसो में बनाई गई थी इसका कारण बेहद स्पष्ट है हमारे यहा कहावत है

"शरबत में जितनी चीनी डालोगे उतना ही शरबत मीठा होगा"। इससे लोगों को अतिरिक्त टैक्स भरना पड़ता है फिर हम ये नहीं समझ पाते महँगाई क्यों बढ़ रही है इसके यही सारे कारण हैं जब एक ही परियोजना बार-बार बनाई जाएगी। तो उसे बनाने के लिए पैसे तो आम जनता को ही किसी न किसी बहाने देना पड़ेगा और अगर चीज़ें बिना लूट-खसोट किए पूर्ण बजट से बने तो वो लम्बे समय तक चलेंगी और अगली बार उसे बनाने के लिए लम्बा समय मिलेगा। जिससे जनता से पैसे धीरे-धीरे वसूला जाएगा और टैक्स कम लगेगा महँगाई अपने आप कम जो जाएगी। दूसरा बड़ी परियोजनाओं में हम देखते हैं सभी तो नहीं लेकिन शासन व प्रशासन के कुछ भ्रष्ट लोग ये सारी चीज़ें नहीं सोचते और ग़बन में लिप्त रहते हैं कई सारे राजनेताओं के पास तो हज़ारों करोड़ की सम्पत्ति है जबकि आय केवल 1 लाख या 2 लाख है सोचिए एक 20-25 लाख वार्षिक आय पाने वाला व्यक्ति 1000 करोड़ का मालिक है ये काला धन नहीं है तो क्या है ये लोग टैक्स भी नहीं भरते कई लोगों के तो स्विस बैंक में अकाउन्ट हैं जो भारतीय पैसो के छुपाने के लिए खुलवाए गए हैं अगर भारत में रहेंगे तो भारत सरकार छापे मरवाकर वसूल लेगी सोचिए ये ठगी नहीं तो क्या है ये लोग हमारे आपके और देश के साथ-साथ उस पद के साथ भी ठगी कर रहे हैं जिस पर ये बैठे हैं।

पाँचवें वो लोग हैं जो शिक्षा जगत को व्यवसाय बनाकर काला धन एकत्रित कर रहे हैं और अभिभावक के रूप में आम जनता को ठग रहे हैं और उच्च शिक्षा में कुछ माफ़िया या स्वयं संस्थान के लोग मैंनेजमेंट कोटे की सीट और कभी-कभी काउन्सलिंग कि सीट भी पैसे लेकर बेच देते हैं जिसके उपरान्त एक योग्य विद्यार्थी के स्थान पर अयोग्य विद्यार्थी सीट पा जाता है और वो

पहले ही साल फ़ेल हो जाता है जिससे आगे के वर्षो में वो सीट ख़ाली रह जाती है और उस सीट पर फ़ीस नहीं मिल पाती साथ ही एक योग्य व्यक्ति के हाथ से सुनहरा मौक़ा भी छिन जाता है। अब सोचिए ठगी हुई वो भी एक बार नहीं तीन बार पहली बार पैसे लेकर दाख़िला देना वो पैसे काला धन कि श्रेणी में आता है क्योंकि जिसका कोई डाटा नहीं है टैक्स नहीं भारा गया है चोरी से लिया गया है वो काला धन है दुसरी ठगी देश के साथ हुई फ़ेल होने के कारण बेची गई सीट ख़ाली रह जाती है जिससे आने वाले वर्ष में फ़ीस नहीं जमा होती है इसी कारण देश के साथ आर्थिक ठगी हुई। तीसरी ठगी उस विद्यार्थी के साथ जो स्नातक/परास्नातक होने की योग्यता रखता है और इसके साथ-साथ देश के साथ एक बार पुनः ठगी हुई क्योंकि अगर अयोग्य के बजाय योग्य व्यक्ति को दाख़िला मिलता तो राष्ट्र कि उन्नति में वो अपना योगदान दे सकता था।

ये तो हो गए काला धन रखने वाले वो लोग जिनके बारे में लोग अपने मन में एक सुन्दर छवि रखते हैं जिनसे ऐसे कार्य की आशा नहीं की जाती है। मुझे ये नहीं समझ में आता कि लोग जो ठगी करके काला धन एकत्रित करते हैं उन्हें ये पैसे कि भूख क्यों है? क्यों वो इतना ज़्यादा पैसा एकत्रित कर लेते हैं कि उसे छुपाना पड़ता है भारत में ही नहीं विदेशों में जाकर स्विस बैंक में रखना पड़ता है केवल पैसे ही नहीं सोना, चाँदी, हीरा व अनेक बहुमूल्य चीज़ों के रूप में रखते हैं उनके ऐसा करने से कई सारे लोगों को ख़ाली पेट सोना पड़ता है ये बेईमानी व ठगी से कमाए पैसे किसी दूसरे के हक़ के पैसे हैं जो उसको नही मिलते जिसके कारण उसके साथ-साथ उसका परिवार भी भूखा सोता है, और बहुत से लोग ख़ाली पेट होने के कारण मृत्यु को प्राप्त कर लेते हैं आवश्यकता से ज़्यादा कमाया पैसा किसी काम का नहीं कुछ लोग कहते हैं हम अपने बच्चो के लिए ये पैसे कमाते हैं तो मैं उनको कहना चाहता हूँ हिन्दी की एक बेहद प्रचलित कहावत है– "अगर पूत लायक तो धन किस काम का और अगर नालायक है फिर भी धन किस काम का है" अर्थात् काला धन रखने वाले लोगों को सोचना चाहिए अगर उनका पुत्र लायक होगा तो कमा कर खा लेगा और अगर नालायक होगा तो सब बर्बाद कर देगा। उनके ऐसा करने से आने वाली पीढ़ी को ग़लत संस्कार मिल रहा है। मैं ये नहीं कह रहा पैसा रखना व कमाना ग़लत है लेकिन उसको पूर्ण डाटा के साथ रखना चाहिए और कर भरा होना चाहिए। किसी को अवैध

नहीं कमाना चाहिए, चलिए फिर भी मैं मान लेता हूँ किसी ने पैसे कमाए हैं और किसी भी तरीक़े से वैध या अवैध तो वो पैसे एकत्रित करने की बजाय पैसे को कहीं इन्वेस्ट कर दें या कोई व्यापार शुरू कर दें इससे उनके पैसे बढ़ेंगे ही बढ़ेंगे घटेगें नहीं और दूसरी बात पैसे छुपाने नहीं पड़ेंगे तीसरी बात आप टैक्स भरेंगे उस व्यवसाय में कमाए पैसों पर जिससे आप देश के विकास में सहयोगी होंगे सबसे महत्वपूर्ण बात ये है कि जब पैसे छुपाकर रखे जाते हैं तो वो किसी के काम नहीं आते न आपके और न ही दूसरों के क्योंकि जब तक रखने वाले को ज़रूरत नहीं होती तब तक उन पैसों को नहीं निकाला जाता है दूजी ओर पैसो के होते हुए देश पीछे जा रहा है इसलिए उन पैसों का उपयोग करें जैसे ऊपर दर्शाया गया है इससे आपको भी फ़ायदा और दूसरों को भी फ़ायदा होगा साथ-साथ राष्ट्र को क्योंकि जब आप उन पैसों से व्यापार करेंगे तो कई लोगों को नौकरियाँ मिलेंगी उससे भूखमरी मिटेगी और पैसे भी मार्केट में होंगे जिससे उन्हीं पैसो से देश भी प्रगति कर सकेगा। ये काला धन सम्बन्धी ठगी जगत के कुछ पहलू है जो मेरे अन्तःकरण के विचार है, हो सकता है आप इससे असहमत हों लेकिन मेरा उद्देश्य किसी को ग़लत साबित करना नहीं अपितु सभी आम जन सामान्य तक सच्चाई को पहुँचाना और एक ठगी मुक्त स्वच्छ समाज की रचना करना है।

अध्याय-11
प्राइवेट डॉक्टरों द्वारा की जाने वाली ठगी
प्राइवेट (निजी) डॉक्टर भी एक ठग

भारतीय ठगी जगत के तीसरे हिस्से वर्तमान में व्याप्त ठगी की रोंगटे खड़े कर देने वाली कहानियों का तीसरा और आख़िरी नाम यद्यपि किसी व्यक्ति विशेष का नहीं लेकिन समुदाय विशेष का ज़रूर है मेरे शब्द मुझे लिखने की अनुमति नहीं देते क्योंकि ठगी की ये कहानी उनके बारे में है जिन्हें भगवान का दर्जा दिया गया है जिनका ज्ञान जीवन रक्षा और निरोगी काया के लिए है वो उसी ज्ञान को लोगों को ठगने के लिए इस्तेमाल करते हैं। अब तक तो आप समझ चुके होंगे कि मैं किस ओर इशारा कर रहा हूँ अगर नहीं समझे तो मैं स्पष्ट कर देना चाहता हूँ ठगी के इस अध्याय में पर्दे के पीछे डॉक्टर छुपा बैठा है मैं न चाहते हुए इस अध्याय का ज़िक्र इस पुस्तक में कर रहा हूँ और जहाँ तक मेरा विचार है मुझे विश्व के सभी डॉकटरों के बारे में तो नहीं पता लेकिन भारत के कुछ डॉक्टर ठगी में संलिप्त है। आइए जानते हैं डॉक्टरों के ठगी की कहानी–

मित्रो डॉक्टरों द्वारा की जाने वाली ठगी को मैं आपके सामने कुछ उदाहरण देकर समझाता हूँ ये घटनाएँ वास्तविक हैं।

पहली घटना- लगभग 4 महीने पहले एक भाई साहब की गाँठ में भयंकर पीड़ा होने लगी और धीरे-धीरे 3 से 4 दिन के अन्दर उनका चलना फिरना मुश्किल हो गया तो उन्होने अपने मलिक जिनके यहाँ वो काम करते थे उनको बताया कि मेरी तकलीफ़ बढ़ती जा रही है तो इस पर उनके मलिक ने कहा मैं व्यवसायी आदमी हूँ मुझे तो इसके बारे में नही मालूम लेकिन मेरे एक परिचित शहर के बहुत बड़े चेस्ट स्पेशलिस्ट है उनके पास चले जाओ मैं उन्हें फ़ोन कर देता हूँ वो तुम्हें सलाह देंगे उनकी ये बात सुनकर पीडित ने कहा ठीक क्योंकि उसके मालिक ने जिस डॉक्टर का नाम बताया था वो बहुत प्रसिद्ध डॉक्टर थे। इसके बाद अगले दिन पीड़ित मरीज़ डॉक्टर साहब के अस्पताल पहुँच गया

कुछ देर बाद जब नम्बर आया तो डॉक्टर ने पूछा क्या हुआ है तो पीड़ित मरीज़ ने बताया साहब मेरे पाँव की गाँठ में बहुत दर्द हो रहा है मैं चल भी नहीं पा रहा और इसके बाद अपने मालिक का नाम बताते हुए बोला उन्होंने आपके पास भेजा है आपके पास फ़ोन भी आया होगा डॉक्टर ने कहाँ आया था ये बताओ तुम्हें साँस लेने में भी तकलीफ़ है इस पर मरीज़ ने कहा नहीं साहब बिल्कुल नहीं फिर डॉक्टर ने कहा ठीक है कुछ जाँच लिख रहा हूँ इसे कराकर आओ फिर दवा लिखता हूँ ये सारी जाँच कुछ इस प्रकार थी- रुटीन चेकअप, एक्सरे, चेस्ट सी.टी थोरेक्स, टी.वी गोल्ड, नींद की जाँच आदि लिखी थी कुल मिलाकर 20 से 25 हज़ार की जाँच करने के बाद जब रिपोर्ट आई तो उसमें कुछ नहीं निकला और निकलता भी कैसे समस्या तो पैर कि गाँठ में थी फिर भी डॉक्टर साहब इतने पर नहीं रुके और बोले रिपोर्ट ग़लत है आपको चेस्ट में तकलीफ़ है कफ़ ज़्यादा इकठा हो गया है जिससे आप नहीं चल पा रहे हैं इस पर पीड़ित मरीज़ ने कहा डॉक्टर साहब कफ़ से पैर दर्द कैसे सम्बन्धित है तो डॉक्टर ने बहुत तेज़ डाँटते हुएँ कहा डॉक्टर तुम हो या मैं कुछ दवाएँ लिखता हूँ उन्हें खाकर एक हफ़्ते बाद आओ तब तक आराम मिल जाएगा। इसके उपरान्त मरीज़ दवा लेकर चला गया और लगभग दो ही दिन में एक नई समस्या उभर कर आ गई पैर की गाँठ से ज़्यादा सीने में दर्द होने लगा अब व्यक्ति पैर से ज़्यादा श्वास कि समस्या के कारण चलने में असमर्थ हो गया उसे कुछ समझ नहीं आया तो वो पुनः डॉक्टर साहब पास गया और सारी समस्या बताया इस पर डॉक्टर साहब भड़क गए और बोले यही तो मैं पूछ रहा था वही हुआ जो मैंने कहा था फिर वही सारी जाँचें कराईं जो 3 दिन पहले कराईं थीं और दवाओं के कारण इन्फ़ेक्शन सामने आया इस पर डॉक्टर साहब ने कहाँ जाओ यही दवाएँ खाओ ठीक हो जाओगे मरीज़ चला गया फिर भी जब समस्या बढ़ती गई तो वो एक होम्योपैथिक डॉक्टर के पास गया और सारी समस्या बताया तो होम्योपैथिक डॉक्टर ने कहा अंग्रेज़ी दवाएँ बन्द कर दीजिए आप स्वस्थ हैं उन्हीं दवाओं के कारण समस्या ज़्यादा बढ़ गई है और मात्र दो सौ तीस रुपये की दवाएँ दे दीं और तीन दिन में ठीक हो जाओगे कहते हुए बोले एक हफ़्ते दवा खाने के बाद बन्द कर देना अब आपको आना भी नहीं पड़ेगा और बिल्कुल वैसा हुआ जैसा होम्योपैथिक डॉक्टर ने कहा था मरीज़ एक दम ठीक हो गया। ये तो हो गई पहली घटना जहाँ समस्या से हटकर

दूसरी समस्या पर ध्यान देकर दवा दी गई जो वास्तव में थी ही नहीं ये ठगने का तरीक़ा है अब सोचिए ये ठगी नहीं तो क्या है? जिसमें पचासों हज़ार की जाँच व लगभग दस हज़ार की दवा दी गई वो भी उस समस्या के लिए जो थी ही नही और उस समस्या की कोई दवा नही दी गई जो समस्या की वास्तविक वजह थी मान लिया डॉक्टर साहब चेस्ट स्पेशलिस्ट थे उन्हें पैर की समस्या के बारे में जानकारी नहीं थी तो उन्हे किसी और डॉक्टर के पास जो सामान्य चिकित्सक या हड्डी रोग विशेषक्ष के पास भेज देना था।

दूसरी घटना ये घटना भी कुछ इसी प्रकार है लेकिन ये किसी एक डॉक्टर के ठगी की कहानी नहीं है अपितु ये अपने-अपने क्षेत्रों के सबसे बड़े डॉक्टरों के एक समूह की है।

आइए जानते हैं उस घटना को-

एक सज्जन को चक्कर आ रहा था तो वो अपने ज़िले के एक जाने माने न्यूरोसर्जन/फ़िज़िशियन के पास दिखाने गए तो डॉक्टर साहब ने कहा जाइए सम्पूर्ण शरीर की MRI कराकर आइए इस पर वो सज्जन जाँच कराकर आए वो भी उस जगह से जहाँ डॉक्टर साहब ने कहा था इसके उपरान्त डाक्टर साहब कहते हैं रिपोर्ट की बात छोड़ो मैं इन्हें कुछ दवाएँ लिखता हूँ ये ठीक हो जाएँगे और डॉक्टर साहब न्यूरो की दवा के साथ-साथ नींद की दवा भी दे दी जिस पर उन सज्जन के पुत्र ने विरोध किया तो डॉक्टर साहब कहते हैं मैं आपकी बात समझ रहा हूँ इनको नींद की दवा की ज़रूरत नही हैं लेकिन इनको सोना बहुत ज़रूरी है। ख़ासकर इनके मस्तिष्क को सोना ज़रूरी है इसलिए आप ये दवाएँ खिलाइए और एक हफ़्ते बाद फिर दिखाइएगा इस पर वो सज्जन चले गए और डॉक्टर साहब के बताए अनुसार दवाएँ खाने लगे इसके पश्चात दवा के पहले खुराक के बाद ही वो अचेत निद्रा में चले गए किसी भी स्थिति में उन्हें कोई फ़र्क़ नहीं पड़ता था उन्हें उठाना बड़ा मुश्किल होने लगा इस पर डॉक्टर साहब से उन सज्जन के परिजनों ने सम्पर्क किया तो डॉक्टर साहब ने कहा देखिए ये कोई नई बात नहीं है मेरे लिए यही देखते-देखते मेरी उम्र बीत गई, जाइए 2 से 3 दिन में ठीक हो जाएँगे दवा फ़ायदा कर रही है। इस पर मरीज़ के परिजन वापस चले गए। लेकिन सुधार न होने पर परिजन मरीज़ को दिखाने पुनः डॉक्टर के

पास पहुँचे इस पर डॉक्टर साहब ने डराकर मरीज़ को एडमिट कर लिया और लगभग 3 से 4 दिन बाद जब कुछ आराम हुआ तो मरीज़ की श्वास चलने लगी इस पर डॉक्टर साहब ने शहर के जाने माने चेस्ट स्पेशलिस्ट को बुलाया और उनकी दवा शुरू करा दी चेस्ट स्पेशलिस्ट ने न्यूबलाइज़र के साथ-साथ कई दवाएँ चलाईं और डिस्चार्जड होने का बाद मरीज़ जैसे-जैसे ठीक हो रहा था वैसे-वैसे डॉक्टर साहब दवा बढ़ा रहे थे और इसके परिणाम स्वरूप मरीज़ को दवा का इन्फ़ेक्शन हो गया और श्वास लेने में समस्या होने लगी और दाएँ कंधे में दर्द होने लगा मरीज़ जैसे लेटते वो घबराहट और श्वास लेने की समस्या के कारण उठकर बैठ जाते हैं इस पर परिजन मरीज़ को चेस्ट स्पेशलिस्ट के पास लेकर जाते हैं जो इलाज कर रहे थे तो डॉक्टर उन्हें शहर के ही हृदय रोग विशेषज्ञ के पास भेज देते हैं ये कहकर श्वास नली में कुछ समस्या है उसके उपरान्त मरीज़ के परिजन घबराहट में हृदय रोग स्पेशलिस्ट को दिखाने जाते हैं डॉक्टर देखने के बाद फ़र्ज़ी इको रिपोर्ट तैयार करता है और मरीज़ को आई.सी.यू में एडमिट कर देता है और बाईपैप लगा देता है लेकिन शाम तक परिजनों को पता चल जाता है डॉक्टर झूठ बोल रहा है हार्ट कि कोई समस्या नहीं है हार्ट फ़ेल्योर तो केवल पैसे कमाने का तरीक़ा है फिर भी वो एक दो दिन देखते रहे तीसरे दिन जब आराम नहीं मिला तो वो चेस्ट स्पेशलिस्ट को बुलाते हैं इस पर चेस्ट रोग विशेषज्ञ कहते हैं मैं इन्हें 24 घंटे में में ठीक कर दूँगा कुछ जाँच करा लीजिए और लगभग 40 हज़ार की जाँच करवाने के बाद फिर अगली शाम बोले मैं ठीक नहीं कर सकता इन्हें SGPGI, LUCKNOW ले जाओ और वहाँ दिखाओ। इस पर परिजन डर कर शहर के दूसरे चेस्ट स्पेशलिस्ट के पास गए क्योंकि पी.जी. आई में दाख़िला आसान तो था नहीं वहाँ डॉक्टर ने कहा घबराने की बात नहीं है ठीक हो जाएँगे इनका कीटो एसिड और मधुमेह बढ़ गया है उसे कन्ट्रोल करते ही ठीक हो जाएँगे और ये कहकर 60 से 70 हज़ार की जाँच कराई और रिपोर्ट आए उसके पहले दूसरी जाँच लिख देते थे जिसकी रिपोर्ट तक नहीं आई रहती थी। ऐसा करते-करते मरीज़ के हाथ काले पड़ने लगे ये देखकर मरीज़ के परिजन मरीज़ को लेकर एस.जी.पी.जी.आई गए वहाँ पता चला मरीज़ के बाएँ गले के पास एक नस में दबाव था इसी कारण ऐसा हो रहा था और उन्होने बाई पेप, ऑक्सीजन सब बन्द कर दिया जो धंधेबाज़ डॉक्टरों द्वारा जीवन-भर

के लिए लिखा गया था और दवा चालू की जिससे कुछ ही समय में मरीज़ ठीक होने लगा काफ़ी सुधार हो गया ठगी का इतना घिनौना रूप मैंने नहीं देखा जिसमें भगवान का अवतार कहे जाने वाले लोग पैसो के लिए लोगों के ज़िन्दगी के साथ खेल रहे हैं।

तीसरी घटना- एक दिन एक सज्जन के सीने में दर्द होने लगा तो उन्होंने मेडिकल स्टोर से दवा ले ली न ठीक होने पर वो शहर के एक प्रसिद्ध हृदय रोग विशेषज्ञ के पास चले गए तो डॉक्टर ने उनकी कुछ जाँचें कराईं जो इस प्रकार हैं (एक्सरे, NGO ग्राफी, इको) जब किसी जाँच में कुछ नही निकला तो डॉक्टर ने दवा लिख दी कुछ समय बाद समस्या बढ़ गई तो मरीज़ पुनः डॉक्टर के पास दिखाने पहुँचा इस पर डॉक्टर ने मरीज़ को एडमिट कर लिया आई.सी. यू में मॉनिटरिंग करने के नाम पर कुछ समय बाद मरीज़ के परिजनों को डरा दिया कि मरीज़ के दोनो पैरों की दो नसे ब्लॉक हैं जिससे हार्ट पर दबाव बन रहा है। पहले दो बार माइनर हार्ट अटैक आ चुका है अब तीसरी बार आएगा तो मरीज़ की जान चली जाएगी इसको तत्काल स्टीम डालना पड़ेगा इस पर मरीज़ के परिजनों ने कहा हार्ट अटैक तो कभी नहीं आया यद्यपि इसके पहले मरीज़ कभी बीमार ही नहीं हुआ इस पर डॉक्टर ने कहा डॉक्टर मैं हूँ या तुम लोग पहले दो बार अटैक आया है तुम लोगों को पता नहीं चल पाया अब तत्काल ऑपरेशन करना पड़ेगा नहीं तो ये नहीं बचेगा काउंटर पर पाँच लाख रुपए जमा करवा दो जिससे ऑपरेशन शुरू हो सके ये सारी बातें सुनकर परिजन घबराहाट में अपनी ज़मीन बेचकर पैसे जमा कर दिए। ऑपरेशन हो गया मरीज़ कुछ समय बाद घर आ गया लेकिन वो अब भी ठीक नहीं हुआ दर्द बरक़रार था कुछ समय बाद वो डॉक्टर को पुनः दिखाने गया। इस बार डॉक्टर ने पुनः एडमिट कर लिया और एक बार फिर परिजनों को डराया कि इनका हार्ट काम नहीं कर रहा इनको पीस मेकर लगेगा डबल फ़ेज़ का तीन लाख रुपए का इन्तज़ाम करो परिजन घबराकर अपना घर बेचकर पैसे जमा कर दिए और पीस मेकर लग गया इसके बाद कुछ समय बाद मरीज़ घर आ गया लेकिन मरीज़ का सीने का दर्द तो ठीक नही हो रहा था। इन सब स्थितियों में मरीज़ को किसी ने सलाह दिया कि किसी सामान्य चिकित्सक को दिखा लो और मरीज़ ने सामान्य चिकित्सक को दिखा दिया और फ़िज़िशियन ने कहा ये गैस की समस्या है न कि हार्ट की और उसने गैस की

गोली दे दी मरीज़ को आराम हो गया। सोचिए मामूली गैस की समस्या को हार्ट कि इतनी बड़ी समस्या बताकर एक साधारण व्यक्ति कि ज़िन्दगी नर्क से बदतर कर दी स्टीम डालकर पीस मेकर लगाकर जबकि उसकी आवश्यकता तो थी ही नहीं इस ठगी के कारण एक ग़रीब का घर, ज़मीन सब बिक गए अच्छी भली सेहत ख़राब होकर रह गई। मैं ये नहीं समझता ये पैसे किस काम के जो दूसरों को मौत के घाट उतारे उसे रोड पर लाए। डॉक्टर ठगी करते समय क्यों नहीं सोचते कि कफ़न में जेब नहीं होता।

चौथी घटना- ये डॉक्टरों द्वारा की जाने वाली वो दरिन्दगी है जो मौत के बाद भी कि जाती है इस ठगी से शरीर के रोंगटे खड़े हो जाते हैं या यूँ कहूँ ये ठगी व्यक्ति के साथ नहीं उसकी भावनाओं के साथ की जाती है जब कभी किसी व्यक्ति की अस्पताल में मौत हो जाती है तो अस्पताल वाले आख़िरी समय में परिजनों को तब तक मृत देह नहीं देते जब तक अस्पताल का बाक़ी शुल्क नहीं ले लेते और कभी-कभी तो जब मरीज़ अपने जीवन के अन्तिम क्षणों से जूझ रहा होता है तो उस समय परिजनों को नहीं मिलने देते जिससे मृत्यु के बाद व्यक्ति कि आख़िरी इच्छा पूर्ण नहीं हो पाती प्रत्येक व्यक्ति अपने जीवन के अन्तिम समय में अपने परिवार को देखना चाहता है और दूसरी तरफ़ परिजन अन्तिम बार अपने प्रिय को जीवित भी नहीं देख पाते जिसका पछतावा जीवन पर्यन्त रहता है और ये सारी घटनाएँ केवल व केवल पैसो के लिए होती हैं क्योंकि कभी-कभी मृत्यृ के बाद लोग पैसे दिए बिना चले जाते हैं इसी कारण अस्पताल पैसे लेकर ही मृत होने की घोषणा करता है जो लोगों कि भावनाओं के साथ खिलवाड़ है। इसके अलावा अक्सर सुनने में आता है डॉक्टर और अस्पताल मृत मरीज़ को भी भर्ती कर लेते हैं और तब तक झूठ बोलकर पैसे लेते रहते हैं जब तक शरीर डिकम्पोज़ होना शुरू नहीं हो जाता आज कल तो ऐसी अत्याधुनिक मशीनें आ गई हैं जैसे वेन्टीलेटर जिस पर आदमी मौत के बाद भी जीवित लगता है। डॉक्टर और व्यवसायी अस्पताल इसी का फ़ायदा उठाकर लोगों से अवैध ढंग से पैसे कमाते हैं। ठगी का ये रूप एक दिन सम्पूर्ण विश्व को अंधकार में लेकर चला जाएगा इसमें कोई दो राय नहीं हैं। इसके उपरान्त लोग कैसे ठगी करेंगे इसके सन्दर्भ में अभी से विचार कर लें।

लेखक के अनुसार निष्कर्ष एवं आग्रह

प्रिय पाठकों इस पुस्तक को लिखने का उद्देश्य बेहद साधारण है समाज में हो रही विभिन्न तरह की ठगी के बारे में आपको अवगत कराना कि कैसे ठगी कारित हो रही है जो आपके जीवन पर गहरी छाप छोड़ती है। ये पुस्तक एक माध्यम है कि आप ठगी से बच सकें और जान सकें उन तरीक़ों को जिनसे ठगी के शिकार होते हैं। अतः आशा करता हूँ इस पुस्तक को पढ़ने के पश्चात और उक्त निर्देशों को ध्यान में रखने पर ठगी पर नियन्त्रण मिल सकेगा।

साथ ही अगर इस पुस्तक को कोई ऐसा व्यक्ति पढ़ रहा है जो प्रत्यक्ष अथवा अप्रत्यक्ष रूप से ठगी का हिस्सा है तो उससे मेरा आग्रह है ठगी करने से बचे क्योंकि ठगी से यद्यपि आपको ख़ुशी प्राप्त होती है परन्तु ठगी के उपरान्त सामने वाले व्यक्ति, समाज, राष्ट्र पर बेहद दुष्प्रभाव पड़ता है। जिसकी कल्पना आप नहीं कर सकते और जो लोग राष्ट्र के साथ ठगी करते हैं ऐसे लोग मेरी दृष्टि में राष्ट्र द्रोही हैं क्योंकि वो निजी स्वार्थ के वशीभूत होकर राष्ट्र को अंधकार में ढकेलते हैं और ऐसा करने से वे स्वतः ही देश के साथ-साथ स्वयं को भी पीछे ढकेलते हैं। इसलिए आप सभी से आग्रह है ठगी मुक्त स्वच्छ समाज व राष्ट्र का निर्माण करें।

प्रणव तिवारी

www.ingramcontent.com/pod-product-compliance
Lightning Source LLC
LaVergne TN
LVHW060413051026
849518LV00007B/2528
* 9 7 8 8 1 9 6 3 5 3 5 4 4 *